用對的方法充實自己，
讓人生變得更美好！

用對的方法充實自己，
讓人生變得更美好！

旅遊日語

日本真的好好玩！
帶著這一本旅遊日語，拎起背包，訂了機票就出發～～

1 11大分類X百搭旅遊主題句型，學一句，舉一反三好簡單

每一分類主題精選12個旅遊超好用的必備句型，搭配可替換詞彙，同時標示羅馬拼音，隨時都能自在地開口說日語，表達想法、互動溝通一點都不難。

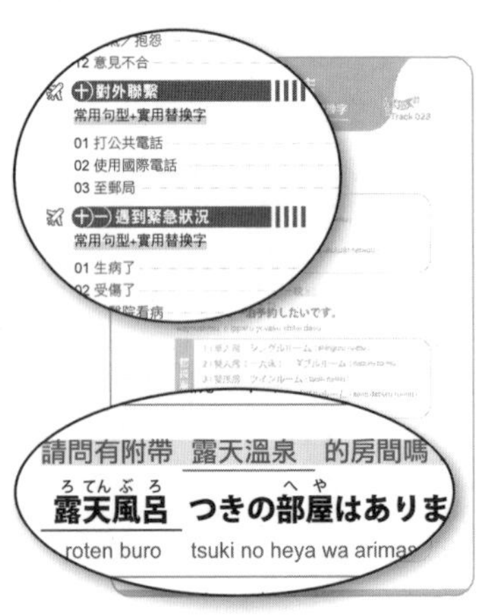

2 112個情境X聽說會話，放膽輕鬆說出口，對方說得也能聽得懂

超過 2500 個常用句，旅遊時會遇到的情境及日語通通有！同時，精選重要單字，讓你在緊急時，能用單字即時表達，也能聽懂關鍵字。

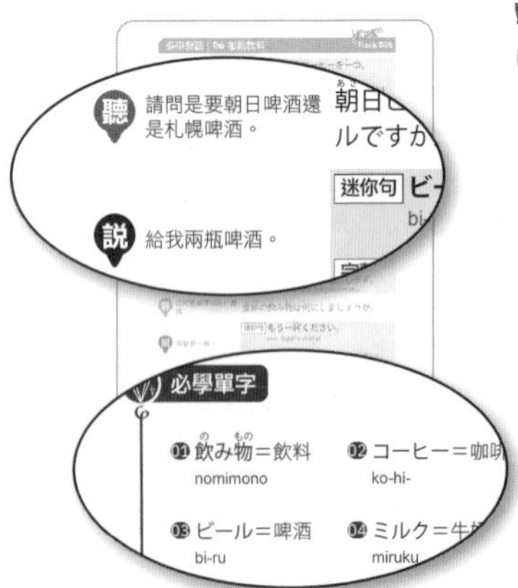

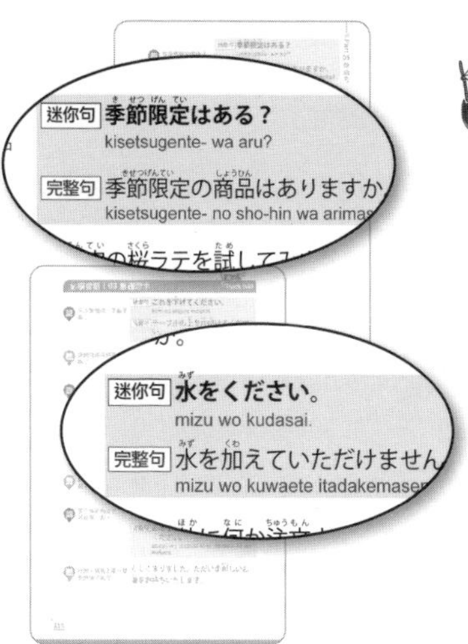

❸ 迷你句 X 完整句，臨時要説的、正規學習都沒問題

語言學習最重要的是讓對方能聽得懂。迷你句讓你能快速表達，隨學隨用；完整句教你文法正確的句子，在正式場合也能用日語輕鬆應對，一舉兩得！

❹ 全書常用句及單字皆有中日語MP3，你也能口語超道地

不論是主題替換句，情境迷你句、完整句及必學單字，皆有中日文語音檔供學習，最道地的日本語速、口氣，用聽的也能耳濡目染説好一口道地日語唷。

因各家手機系統不同，若無法直接掃描，仍可以至以下電腦雲端連結下載收聽。
（https://tinyurl.com/bdcux3hh）

まえがき 前言

終於，出國旅遊解鎖了呀～～～

悶了許久的旅遊魂，終於能夠自由釋放！用不完的年假、積累的特休，這回一定要好好把握、規劃，享受睽違已久的異國假期。

而在這一片旅遊潮裡，「日本」，是大多數國人的第一首選旅遊國家；日本，真的好好玩啊！

你喜歡去日本旅遊嗎？

你想在旅遊時能用日語溝通嗎？

但是，「不。會。說。日。文」怎麼辦？？

逮就補（大丈夫，日語「沒關係」之意）！這本書是專為沒有日語基礎的人而設計的。全書嚴選旅遊一定會講的、簡單又好用的句子，有了這本書，訂了機票就出發。

本書收錄了「住宿」、「交通」、「餐廳」、「問路」、「聊天」等11大主題，不論是住宿有狀況、交通有問題、點餐想請問……112個相對應的場景供您互動使用；同時，超過2500個實用短句＆必學單字，日語能聽會說，溝通沒問題！

這是專門為「想出發就go」的你所設計，實在好用的旅遊日語，一定讓你安心在日本玩到瘋，吃到爽，買到夠！

另外，跟大家分享的是：大多數日本人都跟台灣人一樣的友善，即使你是說著簡單的破日文，或是直接拿出書本比給他們看，他們都會在你需要的時候伸出援手來幫助你的，千萬別害羞！就像我回想自己剛到台灣來讀書時，根本不太會說中文，但依然能得到熱情的回應及幫助。所以，真的不要給自己太大的壓力，有了這一本書，你就能安心的踏出國門，擁有一個盡興、愉快又順利的日本行了。

祝你一路順風唷～～～

カタログ
目錄

三 入境

四 入住飯店

五 盡興吃喝

六 交通工具

七 當地逛逛

八 Shopping最開心

九 認識新朋友

十 對外聯繫

十一 遇到緊急狀況

打招呼

最常這樣說

01	你好。	**こんにちは。** konnichiwa.
02	再見。	**さようなら。** sayo-nara.
03	我出門了。	**行(い)ってきます。** ittekimasu.
04	我回來了。	**ただいま。** tadaima.

早安＋晚安

最常這樣說

01	早安。	**おはよう。** ohayo-.
02	早安。	**こんにちは。** konnichiwa.
03	晚上好。	**こんばんは。** konbanwa.
04	晚安。	**おやすみ。** oyasumi.

很高興認識你

最常這樣說

01	幸會。	**はじめまして。** hajimemashite.
02	認識他／她真好。	**彼／彼女と知り合ってよかったです。** kare / kanojotoshiriatte yokatta desu.
03	很高興認識你。	**お会いできてうれしいです。** oaidekite, ureshii desu.
04	好久不見。	**お久しぶり。** ohisashiburi.

最近好嗎？

最常這樣說

01	最近好嗎？	**お元気ですか。** ogenki desuka.
02	請保重身體。	**どうかお体を大事に。** do- kaokarada o daijini.
03	精神飽滿。	**元気いっぱいです。** genkiippai desu.
04	最近身體不舒服。	**最近体の具合が悪いです。** saikin karada no guaigawarui desu.

◡̈ 道謝

最常這樣説

01	謝謝。	**どうもありがとうございます。** do-mo arigato- gozaimasu.
02	謝謝你的好意。	**ご親切(しんせつ)ありがとうございます。** goshinsetsu arigato- gozaimasu.
03	謝謝惠顧。	**まいどありがとうございます。** maido arigato- gozaimasu.
04	給你添麻煩了。	**お世話(せわ)になりました。** osewaninari mashita.

◡̈ 道歉

最常這樣説

01	對不起。	**もうしわけありません。** mo-shiwake arimasen.
02	不好意思。	**すみません。** sumimasen.
03	請原諒我。	**許(ゆる)してください。** yurushitekudasai.
04	我下次會注意。	**今度気(こんどき)をつけます。** kondoki wo tsukemasu.

基本會話｜03 不能理解時怎麼說

我不會說日文

最常這樣說

01	你會說中文嗎？	中国語（ちゅうごくご）を話（はな）せますか。 chu-gokugo wo hanasemasuka.
02	我會說英文。	英語（えいご）が話（はな）せます。 eigoga hanasemasu.
03	我日文不太好。	日本語（にほんご）が下手（へた）です。 nihongo ga hetadesu.
04	我看不懂日文。	日本語（にほんご）は読（よ）めません。 nihongo wa yomemasen.

什麼

最常這樣說

01	這是什麼？	これは何（なん）ですか。 kore wa nandesuka?
02	要買什麼？	何（なに）を買（か）いますか。 nani wo kaimasuka?
03	你想要什麼？	何（なに）がほしいですか。 nani ga hoshiidesuka?
04	你在幹嘛？	何（なに）をしていますか。 nani wo shiteimasuka?

數字日文怎麼說

最常這樣說

1	いち ichi	23	にじゅうさん nijyu- san
2	に ni	34	さんじゅうよん sanjyu -yon
3	さん san	45	よんじゅうご yonjyu- go
4	よん／し yon/shi	56	ごじゅうろく gojyu- roku
5	ご go	67	ろくじゅうなな rokujyu- nana
6	ろく roku	78	ななじゅうはち nanajyu- hachi
7	なな／しち nana/shichi	91	きゅうじゅういち kyujyu- ichi
8	はち hachi	100	ひゃく hyaku
9	きゅう／く kyu- / ku	150	ひゃくごじゅう hyaku gojyu-
10	じゅう jyu-	1300	せんさんびゃく sen san byaku
12	じゅうに jyu- ni	22000	にまんにせん niman nisen

基本會話｜05 星期／月份怎麼說

星期日文怎麼說

最常這樣說

中文	日文	讀音	羅馬拼音
星期一	月曜日	げつようび	getsu yo-bi
星期二	火曜日	かようび	ka yo-bi
星期三	水曜日	すいようび	sui yo-bi
星期四	木曜日	もくようび	moku yo-bi
星期五	金曜日	きんようび	kin yo-bi
星期六	土曜日	どようび	do yo-bi
星期日	日曜日	にちようび	nichi yo-bi

月份日文怎麼說

最常這樣說

中文	日文	讀音	羅馬拼音
一月	一月	いちがつ	ichi gatsu
二月	二月	にがつ	ni gatsu
三月	三月	さんがつ	san gatsu
四月	四月	しがつ	shi gatsu
五月	五月	ごがつ	go gatsu
六月	六月	ろくがつ	roku gatsu
七月	七月	しちがつ	shichi gatsu
八月	八月	はちがつ	hachi gatsu
九月	九月	くがつ	ku gatsu
十月	十月	じゅうがつ	ju- gatsu
十一月	十一月	じゅういちがつ	ju-ichi gatsu
十二月	十二月	じゅうにがつ	ju-ni gatsu

01 在機場

常用句型＋實用替換字

全日空　的報到櫃台在哪裡呢？

- **全日空（ぜんにっくう）　のチェックインカウンターはどこですか。**

zennnikku　no chekkuin kaunta- wa doko desuka?

替換單字
1 I 中華航空　チャイナエアライン（chaina earain）
2 I 長榮航空　エバー航空（こうくう）（eba- koukuu）
3 I 日本航空　日本航空（にほんこうくう）（nihon koukuu）
4 I 國泰航空　キャセイパシフィック（kyasei pashifikku）
5 I 廉價航空　格安航空（かくやすこうくう）（LCC）（kakuyasu koukuu [LCC]）

請幫我安排　靠窗　的座位。

- **窓側（まどがわ）　の席（せき）をお願（ねが）いします。**

mado gawa　no seki o onegai shimasu.

替換單字
1 I 靠走道　通路側（つうろがわ）（tsuuro gawa）
2 I 前排　前（まえ）（mae）
3 I 後排　後ろ（うしろ）（ushiro）
4 I 離逃生出口近的　非常口（ひじょうぐち）の近（ちか）く（hijyouguchi no chikaku）
5 I 離廁所近的　トイレの近（ちか）く（toire no chikaku）

噴霧瓶　可以托運嗎？

- **スプレー　を預（あず）けることができますか。**

supure-　o azukeru koto ga dekimasuka?

替換單字
1 I 化妝品　化粧品（けしょうひん）（keshouhin）
2 I 自拍棒　自撮り棒（じどりぼう）（jidoribou）
3 I 雨傘　傘（かさ）（kasa）
4 I 電器　電気製品（でんきせいひん）（denki seihin）
5 I 這件行李　この荷物（にもつ）（kono nimotsu）

乳液 可以帶上飛機嗎？

• **乳液（にゅうえき）を機内（きない）に持（も）ち込（こ）むことができますか。**

nyueki o kinai ni mochikomu koto ga dekimasuka?

替換單字

1 | 藥物 薬（くすり）（kusuri）
2 | 打火機 ライター（raita-）
3 | 香菸 たばこ（tabako）
4 | 酒類 アルコール類（るい）（aruko-rurui）
5 | 嬰兒車 ベビーカー（bebi-ka-）

這座機場裡可以 買郵票 嗎？

• **この空港（くうこう）では 切手（きって）を買（か）う ことができますか。**

kono kuukou dewa kitte o kau koto ga dekimasuka?

替換單字

1 | 寄信／明信片 手紙（てがみ）／はがきを出（だ）す（tegami / hagaki o dasu）
2 | 換錢 お金（かね）を換（か）える（okane o kaeru）
3 | 吸菸 たばこを吸（す）う（tabako o suu）
4 | 玩遊戲 ゲームをする（ge-mu o suru）
5 | 購物 ショッピングする（shoppingu suru）

候機室裡有 洗手間 嗎？

• **待合室（まちあいしつ）には お手洗（てあら）い がありますか。**

machiaishitsu niwa otearai ga arimasuka?

替換單字

1 | 飲水機 ウォーターサーバー（wo-ta-sa-ba-）
2 | 吸菸室 喫煙室（きつえんしつ）（kitsuenshitsu）
3 | Wi-Fi ワイファイ（waifai）
4 | 充電處 充電（じゅうでん）スポット（jyuden supotto）
5 | 淋浴間 シャワールーム（shawa-ru-mu）

付費　者可以使用貴賓室嗎？

• **料金を払う　人はビップ室を利用できますか。**

roukin o harau　hito wa Vip shitsu o riyou dekimasuka?

替換單字

1 | 持有這張信用卡　このカードを持っている（kono ka-do o motteiru）

2 | 持有商務艙登機證　ビジネスクラスの搭乗券がある（bijinesu kurasu no toujyouken ga aru）

4 | 航空公司會員　航空会社の会員（koukuugaisha no kaiin）

這裡有賣　包包　的商店嗎？

• **ここは　かばん　を売っている店がありますか。**

kokowa　kaban　o utteiru mise ga arimasuka?

替換單字

1 | 鞋子　靴（kutsu）

2 | 香菸　たばこ（tabako）

3 | 香水　香水（kousui）

4 | 手錶　腕時計（udedokei）

5 | 名牌　ブランド品（burandohin）

可以　寄送到國外　嗎？

• **海外へ送って　いただけませんか。**

kaigai e okutte　itadakemasenka?

替換單字

1 | 便宜一點　安くして（yasuku shite）

2 | 提供試用品　サンプルを提供して（sanpuru o teikyou shite）

3 | 包裝　ラッピングして（rappingu shite）

4 | 提供分裝袋子　わけ袋を提供して（wakebukuro oteikyou shite）

5 | 提供贈品　景品を提供して（keihinn o teikyou shite）

第一區　者已經可以登機了嗎？

- **ゾンワン 人(ひと)はすでに搭乗(とうじょう)できましたか。**

zon wan　hito wa sudeni toujou dekimashitaka?

替換單字
1 | 優先搭機　優先搭乗(ゆうせんとうじょう)の（yu-sen toujyouno）
2 | 帶小孩　子供連(こどもづ)れの（kodomo zureno）
3 | 懷孕　妊娠中(にんしんちゅう)の（ninshinchu-no）
4 | 年長　年配(ねんぱい)の（nenpaino）
5 | 使用輪椅者　車(くるま)いすを使(つか)っている（kurumaisu o tsukatteiru）

往　成田　的航班還有票嗎？

- **成田(なりた) 行(ゆ)きの便(びん)のチケットはまだありますか。**

narita　yuki no bin no chiketto wa mada arimasuka?

替換單字
1 | 羽田　羽田(はねだ)（haneda）
2 | 關西　関西(かんさい)（kansai）
3 | 名古屋　名古屋(なごや)（nagoya）
4 | 福岡　福岡(ふくおか)（fukuoka）
5 | 札幌　札幌(さっぽろ)（sapporo）

現在還可以加購　機上餐　嗎？

- **まだ 機内食(きないしょく) の追加購入(ついかこうにゅう)ができますか。**

mada　kinaishoku　no tsuika kounyu ga dekimasuka?

替換單字
1 | 托運行李重量　預(あず)け入(い)れ荷物(にもつ)の重量(じゅうりょう)（azukeirenimotsu no juuryou）
2 | 指定座位　指定席(していせき)（shitei seki）
3 | 優先搭乘　優先搭乗(ゆうせんとうじょう)（yuusen toujou）

必學會話｜01 報到劃位

說 什麼時候開始報到？

迷你句 **チェックインはいつ？**
chekkuin wa itsu?

完整句 いつからチェックインしますか。
i tsu kara chekkuin shimasuka?

聽 請提早兩個小時到櫃台報到。

二時間前にカウンターでチェックインしてください。

說 我想要靠窗的位子。

迷你句 **窓際の席、ほしい。**
madogiwa no seki,hoshii

完整句 窓側の席をお願いします。
madogawa no seki wo onegaishimasu

聽 靠近機尾的靠窗座位可以嗎？

尾翼に近い窓側の席でよろしいでしょうか。

說 請問日亞航的報到櫃台在哪裡？

迷你句 **日本アジア航空のカウンター、どこ？**
nihon ajia ko-ku- no kaunta- doko?

完整句 日本アジア航空のカウンターはどこにありますか。
nihon ajia ko-ku- no kaunta- wa doko ni arimasuka?

聽 報到櫃台在那裡。

あそこにチェックインカウンターがあります。

說 飛機航班準點嗎？

迷你句 **飛行機は定刻？**
hiko-ki wa te-koku

完整句 飛行機は定刻に出発しますか。
hiko-ki wa te-koku ni shuppatsu shimasuka?

聽 是的，這班飛機依照原定計畫10點出發。

はい、この便は予定通り10時に出発します。

說 現在報到還來得及嗎？

迷你句 **今チェックイン、間に合う？**
ima chekkuin, maniau ?

完整句 今チェックインすれば、間に合いますか。
ima chekkuin sureba, maniaimasuka?

聽 請出示您的機票和護照。

航空券とパスポートを出してください。

說 飛行時間大約多久？

迷你句 **飛行時間はどのぐらい？**
hi ko-jikan wa dono gurai?

完整句 飛行時間はどのぐらいかかりますか。
hi ko-jikan wa dono gurai kakarimasuka?

聽 飛行時間大約十小時。

飛行時間は約十時間です。

說 現在可以劃位嗎？

迷你句 **今、席取っていい？**
ima, seki totte i-?

完整句 今席を取っていいですか。
i ma seki wo totte i- desuka?

聽 不好意思，您的機位似乎被取消了。

申し訳ございませんが、席がキャンセルされたようです。

必學單字

01 窓側＝窗邊
madogawa

02 便＝班機
bin

03 定刻＝準時
te-koku

04 予定通り＝依照預定計畫
yote-do-ri

必學會話｜02 行李托運

Track 003

說 在哪裡可以託運我的行李箱？

迷你句 **スーツケースはどこに預ける？**

su-tsuke-su wa doko ni azukeru?

完整句 スーツケースはどこに預ければいいのでしょうか。

su-tsuke-su wa doko ni azukereba i-nodesho-ka?

聽 在報到櫃台可以託運。

チェックインカウンターで預けることができます。

說 託運行李有個數限制嗎？

迷你句 **チェックインバゲージ、個数制限ある？**

chekkuinbage-ji, kosu- se-gen aru?

完整句 チェックインバゲージの個数に制限はありますか。

chekkuinbage-ji no kosu- ni se-gen wa arimasuka?

聽 經濟艙的乘客每人可以託運一件行李。

エコノミーなら、お預け手荷物の個数制限はお一人様一個となっております。

說 這可以當作手提行李帶入機艙內嗎？

迷你句 **これは手荷物として機内に持ち込める？**

kore wa tenimotsu toshite kinai ni mochikomeru

完整句 これは手荷物として機内に持ち込めますか。

kore wa tenimotsu toshite kinai ni mochikomemasuka?

聽 機艙內限定只能帶兩樣行李。

機内持ち込み荷物の個数制限は二件となっております。

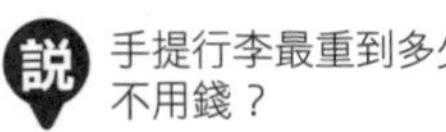

說 手提行李最重到多少不用錢？

迷你句 **手荷物は何キロまで無料？**
tenimotsu wa nankiro made muryo-?

完整句 手荷物は何キロまで無料ですか。
tenimotsu wa nankiro made muryo-desuka?

聽 手提行李沒有重量限制。

手荷物の重量制限はありません。

說 重量限制是多少？

迷你句 **重量制限、何キロ？**
jyu-ryo- se-gen, nan kiro?

完整句 重量制限は何キロですか。
jyu-ryo- se-gen wa nan kiro desuka?

聽 託運行李每件限重23公斤。

お預け手荷物の重量制限は二十三キロとなっております。

說 行李可以直接託運至目的地嗎？

迷你句 **荷物、直接目的地に運んでくれない？**
nimotsu, chokusetsu mokutekichi ni hakonde kurenai?

完整句 荷物は直接、目的地まで運んでいただけますか。
nimotsu wa chokusetsu mokutekichi made hakonde itadakemasuka?

聽 轉機的時候不用提領託運行李。

乗り継きの時にお預け手荷物を引き取る必要はありません。

必學單字

01 制限＝限制
se-gen

02 乗り継き＝轉機
norizuki

03 手荷物＝行李
tenimotsu

04 輸送禁止品＝託運違禁品
yuso-kinshihin

必學會話｜03 行李超重

Track 004

說 託運行李超重怎麼辦？

迷你句 **チェックインバゲージの重量、超えた。どうする？**

chekkuinbage-ji no jyu-ryo-, koeta. do-suru?

完整句 チェックインバゲージの重量が超えました。どうすればいいでしょうか。

che kkuinbage-ji no jyu-ryo- ga koemashita. do-surebai-desho-ka?

聽 如果您的行李超重，我們會加收超重費用。

制限重量を超えた場合、別途追加料金を請求させていただきます。

說 我的行李好像超重了。

迷你句 **手荷物の制限重量を超えちゃった。**

teni motsu no se-genjyu-ryo- wo koechatta.

完整句 手荷物の重量が制限重量を超えてしまいました。

tenimotsu no jyu-ryo- ga se-genjyu-ryo- wo koe teshimaimashita.

聽 手提行李限重十五公斤。

機内持ち込み荷物の重量制限は十五キロとなります。

說 超重的行李費用多少？

迷你句 **追加料金、いくら？**

tsuikaryo-kin, ikura?

完整句 追加料金はいくらですか。

tsuikaryo-kin wa ikura desuka?

聽 你的行李超重了。

制限重量を超えました。

說 超重了多少？

迷你句 **どのぐらい重量制限を超えた？**

donogurai jyu-ryo-se-gen wo koeta?

完整句 どのぐらい重量の制限を超えましたか。

donoguraijyu-ryo- no se-gen wo koemashitaka.

聽 超重了十公斤。

10キロを超えました。

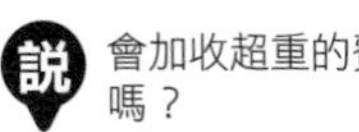

說 會加收超重的費用嗎？

迷你句 **追加料金、取られる？**

tsuikaryo-kin, torareru?

完整句 追加料金を取られますか。

tsuikaryo-kin wo torareremasuka?

聽 如果您的行李超重，我們會加收超重費用。

制限重量を超えた場合、追加料金を請求させていただきます。

說 行李是否超重？

迷你句 **荷物は重量制限を超えた?**

nimotsu wajyu-ryo-se-gen wo koeta?

完整句 荷物は重量制限を超えましたか。

nimotsu wajyu-ryo-se-gen wo koemashitaka?

聽 沒有，還在重量限制之內。

いいえ、まだ制限以下です。

說 行李追加的費用是多少？

迷你句 **超過手荷物の料金はいくら？**

cho-katenimotsu no ryo-kin wa ikura?

完整句 超過手荷物の料金はいくらですか。

cho-katenimotsu no ryo-kin wa ikuradesuka?

聽 若是超重的狀況，一個行李 6000 日圓。

重量を超える場合、荷物1個当たり6000円です。

必學單字

01 別途＝另外

betto

02 追加料金＝追加費用

tsuikaryo-kin

03 持ち込み＝帶入

mochikomi

04 超える＝超過

koeru

必學會話｜04 候機室／貴賓室

Track 005

說 JAL 的貴賓室在哪裡？

迷你句 **JALのビップ室はどこ？**

je-e-eru no bippu-shitsu wa doko?

完整句 JALの VIP ラウンジはどこにありますか。

je-e-eru no buiaipiraunji wa dokoni arimasuka?

聽 在第一航廈的二樓。

第一ターミナルの二階にあります。

說 這裡是 ANA 的貴賓室嗎？

迷你句 **ここは、ANAのビップ室？**

koko wa,ANA no bippushitsu?

完整句 ここは ANA のビップ室ですか。

koko wa ANA no bippushitsu desuka?

聽 是的，進入貴賓室前，請讓我看看您的登機證。

はい、ラウンジに入る前に、搭乗券を見せてください。

說 VIP 室有限制使用時間嗎？

迷你句 **ビップの利用時間は制限がある？**

bippu no riyo-jikan wa se-gen ga aru?

完整句 ビップの利用時間は制限がありますか。

bippu no riyo-jikan wa se-gen ga arimasuka?

聽 使用時間限制兩個小時。

利用時間の制限は二時間です。

說 憑這張信用卡可以使用貴賓室嗎？

迷你句 **このクレジットカードでビップ室使える？**

kono kurejittoka-do de, bippushitsu tsukaeru?

完整句 このクレジットカードでVIPラウンジが使えますか。

kono kurejittoka-do de buiaipiraunji ga tsukaemasuka?

聽 持白金卡的顧客可以進入貴賓室。

プラチナカードを持っているお客様がビップ室に入ることができます。

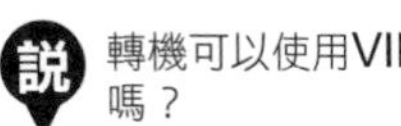
説 轉機可以使用VIP室嗎？

迷你句 **乗(の)り続(づ)きでビップ室(しつ)は使(つか)える？**
norizuki de bippushitsu wa tsukaeru?

完整句 乗(の)り続(づ)きでビップ室(しつ)は使(つか)えますか。
norizuki de bippushitsu wa tsukaemasuka?

聽 請出示您的登機證。

搭乗券(とうじょうけん)を出(だ)してください。

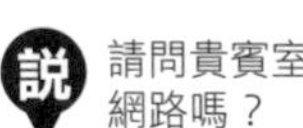
説 請問貴賓室可以使用網路嗎？

迷你句 **インターネット接続(せつぞく)の設備(せつび)ある？**
inta-netto setsuzoku no setsubi aru?

完整句 インターネット接続(せつぞく)の設備(せつび)がありますか。
inta-netto setsuzoku no setsubi ga arimasuka?

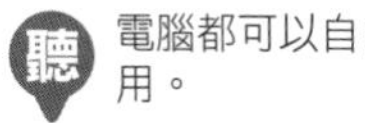
聽 電腦都可以自由利用。

パソコンはご自由(じゆう)に利用(りよう)できます。

説 任何人都可以自由使用設備嗎？

迷你句 **設備(せつび)、自由(じゆう)に使(つか)える？**
setsubi, jiyu-ni tsukaeru?

完整句 設備(せつび)は誰(だれ)でも自由(じゆう)に使(つか)えますか。
setsubi wa dare demo jiyu-ni tsukaemasuka?

聽 食物及飲料都可自由取用。

飲食(いんしょく)はご自由(じゆう)に召(め)し上(あ)がれます。

必學單字

01 ビップ室(しつ)＝VIP室
bippushitsu

02 搭乗券(とうじょうけん)＝登機證
to-jyo-ken

03 自由(じゆう)に＝任意
jiyu-ni

04 設備(せつび)＝設備
setsubi

必學會話｜05 免稅商店 Track 006

説 燒酒多少錢？

迷你句 **焼酎、いくら？**
sho-chu-, ikura?

完整句 焼酎はいくらですか。
sho-chu- wa ikura desuka?

聽 免稅店的酒精飲料相較於國內價格便宜了大約30%左右。

免税店のアルコール飲料は、国内の価格に比較すると、30%ほど安いです。

説 這裡有大型免稅店嗎？

迷你句 **大型免税店ある？**
o-gata menze-ten aru?

完整句 ここは大型免税店がありますか。
koko wa o-gata menze-ten ga arimasuka?

聽 免稅店在一樓。

免税店は一階にあります。

説 可以預訂免稅商品嗎？

迷你句 **免税品を予約できる？**
menze-hin o yoyaku dekiru?

完整句 免税品を予約できますか。
menze-hin o yoyaku dekimasuka?

聽 可以在網路上預訂免稅商品。

免税品のインターネット予約ができます。

説 免稅店有賣什麼？

迷你句 **免税店で何がある？**
menze-ten de nani ga aru?

完整句 免税店で何が販売されていますか。
menze-ten de nani ga hanbaisarete imasuka?

聽 免稅店的化妝品要比國內價格便宜20%左右。

免税店の化粧品は国内の価格と比べると、20%ほど安いです。

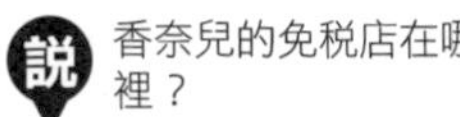
香奈兒的免税店在哪裡？

迷你句 **シャネルの免税店(めんぜいてん)はどこ？**
shaneru no menze-ten wa doko?

完整句 シャネルの免税店(めんぜいてん)はどこですか。
shaneru no menze-ten wa dokodesuka?

在 34 號登機門那邊。

34番(ばん)のゲートのところです。

用日圓支付。

迷你句 **日本円(にほんえん)で支払(しはら)う。**
nihonen de shiharau.

完整句 日本円(にほんえん)で支払(しはら)います。
nihonen de shiharaimasu.

抱歉，我們只能使用美金。

すみません、ドルでしか支払(しはら)うことができません。

也可以使用信用卡。

クレジットカードでも支払(しはら)うことができます。

必學單字

01 免税店(めんぜいてん)＝免稅店
menze-ten

02 焼酎(しょうちゅう)＝燒酒
sho-chu-

03 クレジットカード＝信用卡
Kurejittokādo

04 支払(しはら)う＝支付
shiharau

必學會話｜06 登機

説 登機前有什麼須要注意的嗎？	迷你句 **搭乗する前に、注意すべきことある？** to-jyo-suru maeni, chu-isubeki koto aru? 完整句 搭乗する前に、何か注意すべきことはありますか。 to-jyo-suru maeni, nani ka chu-isubeki koto wa arimasuka?
聽 登機前請將您的筆記型電腦關機。	搭乗する前、ノートパソコンの電源を切ってください。
説 登機時需要什麼嗎？	迷你句 **搭乗するとき何が必要？** to-jyo-suru toki nani ga hitsuyo- 完整句 搭乗するとき何かが必要ですか。 to-jyo-suru toki nanika ga hitsuyo-desuka?
聽 請出示您的登機證和護照。	搭乗券とパースポートお見せください。
説 請問登機門在哪裡？	迷你句 **搭乗ゲート、どこ？** to-jyo- ge-to, doko? 完整句 搭乗ゲートはどこにありますか。 to-jyo- ge-to wa doko ni arimasuka?
聽 從A01登機門登機的旅客，請往這邊走。	A01搭乗口より搭乗するお客様、こちらへどうぞ。
説 現在廣播的內容是什麼？	迷你句 **今のアナウンスは何？** ima no anaunsu wa nani? 完整句 今のアナウンスの内容は何ですか。 ima noanaunsu no naiyo- wa nandesuka
聽 請商務艙的旅客先行登機。	ビジネスクラスのお客さんが先に搭乗してください。

說 往大阪的班機是在這個登機門嗎？

迷你句 **大阪行きの便の搭乗ゲートはここ？**
o-sakayuki no bin no to-jyo-ge-to wa koko?

完整句 ここは大阪行きの便の搭乗ゲートですか。
koko wa o-sakayuki no bin no to-jyo-ge-to desuka?

聽 搭乘往大阪**501**號班機的乘客請從**10**號登機門登機。

大阪行きの501便、ご搭乗のお客様は10番ゲートよりお入り下さい。

說 什麼時候登機？

迷你句 **いつ搭乗？**
itsu to-jyo-?

完整句 いつ搭乗しますか。
itsu to-jyo- shimasuka?

聽 請依登機證上的時間登機。

搭乗券に記載されている時間とおりに搭乗してください。

說 已經開始登機了嗎？

迷你句 **搭乗、始まった？**
to-jyo-, hajimatta?

完整句 搭乗は始まりましたか。
to-jyo- wa hajimarimashitaka?

聽 請準備好登機證。

搭乗券をご用意ください。

必學單字

01 搭乗＝登機
to-jyo-

02 搭乗口＝登機門
to-jyo-guchi

03 ～行き＝到～
yuki

04 用意＝準備
yo-i

必學會話｜07 買機票／候補機位

Track 008

說 有往沖繩的航班嗎？

迷你句 **沖縄行きの便、ある？**
okinawayuki no bin,aru?

完整句 沖縄行きの便はありますか。
okinawayuki no bin wa arimasuka?

聽 今天往沖繩的班機已全部客滿了。

今日は沖縄行きの便はすべて満席でございます。

說 十點往東京的班機還有空位嗎？

迷你句 **十時発、東京行き、空席ある？**
jyu-ji hatsu, to-kyo-yuki, ku-seki aru?

完整句 十時発、東京行きの便に空席はありますか。
jyu-ji hatsu, to-kyo-yuki no bin ni ku-seki wa arimasuka?

聽 不好意思，十點的班機已經客滿。

申し訳ございませんが、十時の便は満席でございます。

說 可以等候補嗎？

迷你句 **空席待ちできる？**
ku-sekimachi dekiru?

完整句 空席待ちができますか。
ku-seki machi ga dekimasuka?

聽 不好意思，現在沒辦法補位。

申し訳ございませんが、今空席待ちはできません。

說 我希望等候補，可以先登記嗎？

迷你句 **空席待ちをしたいから、登録していい？**
ku-sekimachi wo shitaikara,to-roku shitei-?

完整句 **空席待ちをしたいので、登録していいですか。**
ku-sekimachi wo shitai node ,to-roku shitei-desuka?

聽 我們會照順序通知有登記的旅客。

ご登録された方から順番に連絡させていただきます。

說 下一班往仙台的班機幾點出發？

迷你句 **次、仙台行きの便、いつ？**

tsugi, sendaiyuki no bin, itsu?

完整句 仙台行きの次の便は何時発ですか。

sendaiyuki no tsugi no bin wa nanji hatsu desuka?

聽 要不要搭十一點的班機呢？

十一時の便はいかがでしょうか。

說 今天最早到廣島的班機是幾點？

迷你句 **今日一番早く広島に到着する便はいつ？**

kyo- ichiban hayaku hiroshima ni to-chakusuru bin wa itsu?

完整句 今日一番広島に早く到着する便は何時ですか。

kyo- ichiban hiroshima ni hayaku to-chakusuru bin wa nanjidesuka?

聽 很抱歉，今天沒有飛往廣島的班機。

申し訳ございません、今日広島行きの便はありません。

說 我想買三張到大阪的機票。

迷你句 **大阪行き、三枚。**

o-sakayuki, sanmai

完整句 大阪行きの航空券を三枚お願いします。

o-sakayuki no ko-ku-ken wo sanmai onegaishimasu.

聽 很抱歉，只剩下一個空位。

申し訳ございませんが、空席は一つしかありません。

01 空席待ち＝候補機位

ku-sekimachi

02 登録＝登記

to-roku

03 順番＝照順序

jyunban

04 航空券＝機票

ko-ku-ken

必學會話｜08 護照／簽證問題

説 護照遺失要怎麼辦？

迷你句 **パスポート、なくなった！どうする？**
pasupo-to, nakunatta do-suru?

完整句 パスポートがなくなりました。どうすればいいですか。
pasupo-to ga nakunarimashita do-sureba iidesuka?

聽 護照遺失首先要先報案。

パスポートがなくなった時、まず交番へ行ってください。

説 我的護照哪裡有問題嗎？

迷你句 **パスポート、疑わしい？**
pasupo-to, utagawashii?

完整句 パスポートに何か不都合な点はありますか。
pasupo-to ni nanika futsugo- na ten wa arimasuka?

聽 您來日本的目的有點可疑。

訪日の目的が疑わしいです。

説 可以補辦護照嗎？

迷你句 **パスポート、再発行できる？**
pasupo-to, saihakko- dekiru?

完整句 パスポートの再発行ができますか。
pasupo-to no saihakko- ga dekimasuka?

聽 請聯絡大使館。

大使館にご連絡ください。

説 護照還有兩個月過期。

迷你句 **パスポートの有効期間があと2か月で切れる。**
pasupo-to no yu-ko-kigen ga ato, nikagetsu de kireru.

完整句 パスポートの有効期間はあと2か月で切れるようです。
pasupo-to no yu-ko-kikan wa atonikagetsu de kireruyo-desu

聽 護照的有效期限要在出發日半年前才能出境。

パスポートの有効期間は出発日前の半年で海外に行くことができます。

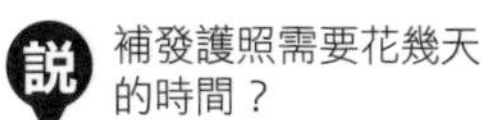

說 補發護照需要花幾天的時間？

迷你句 **パスポートの再発行、何日間かかる？**

pasupo-tono saihakko-, nan nichikan kakaru?

完整句 パスポートの再発行は何日間かかりますか。

pasupo-to no saihakko- wa nan nichikan kakarimasuka?

聽 護照補發需要花14天。

パスポートの再発行は十四日間かかります。

說 持旅行簽證可以滯留多久？

迷你句 **旅行ビザの滞留期間はどのぐらい？**

ryoko-biza no tairyu-kikan wa donogurai?

完整句 旅行ビザの滞留期間はどのぐらいですか。

ryoko-biza no tairyu-kikan wa donoguraidesuka ?

聽 如果是旅行簽證的話，可以滯留三個月。

旅行ビザなら、三か月間に滞留することができます。

說 這個簽證的有效期限到什麼時候？

迷你句 **このビザの有効期限はいつまで？**

kono biza no yu-ko-kigen wa itsu made?

完整句 このビザの有効期限はいつまでですか。

konobiza no yu-ko-kigen wa itsumadedesuka?

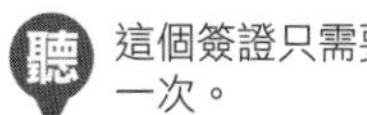

聽 這個簽證只需要申請一次。

このビザの申し出は一回だけでいいです。

必學單字

01 不都合（ふつごう）＝不對勁

futsugo-

02 疑わしい（うたがわしい）＝很可疑

utagawashi-

03 切れる（きれる）＝到期

kireru

04 旅行ビザ（りょこうビザ）＝旅行簽證

ryoko-biza

必學會話｜09 班機延誤

Track 010

說 飛往秋田的班機大約誤點多久？

迷你句 **秋田行き、どのぐらい遅れる？**

akitayuki, donogurai okureru?

完整句 秋田行きの便はどのぐらい遅れますか。

akitayuki no bin wa donogurai okuremasuka?

聽 不好意思，前往秋田的班機大約誤點半個小時。

申し訳ございませんが、秋田行きの飛行機が 30 分遅れます。

說 現在要怎麼辦？

迷你句 **今、どうする？**

ima,do-suru?

完整句 今、どうしますか。

ima,do-shimasuka?

聽 請等待機場的廣播，先在此稍候。

次のアナウンスが入るまで、しばらくここでお待ちください。

說 要是得等到半夜的話，我們要在哪裡休息？

迷你句 **夜中まで待っていたら、どこで休めばいい？**

yonaka made matteitara, doko de yasumebai-?

完整句 夜中まで待たなければならないときは、どこで休んでいたらいいですか。

yonaka made matanakerebanaranai toki wa,doko de yasundeitarai-desuka?

聽 旅客可在貴賓室等候。

お客様はビップルームでお待ちください。

說 為什麼班機會延誤？

迷你句 **なんで遅れた？**

nande okureta?

完整句 どうして遅れましたか。

do-shite okuremashitaka.

聽 因為現在天氣狀況不好，所以延遲了出發時間。

天候が悪いので、出発時間を遅らせていただきました。

說 已經等了兩個小時。

迷你句 **二時間待った。**
ni ji kan ma tta.

完整句 二時間も待ちましたよ。
ni ji kan mo ma chi ma shi ta yo.

聽 造成您的不便，我們感到十分抱歉。

ご迷惑をお掛けして、大変申し訳ございませんでした。

說 需要等多久？

迷你句 **どれくらい待ち時間がある？**
dorekurai machijikan ga aru?

完整句 どれくらい待ち時間がありますか。
dorekurai machijikan ga arimasuka?

聽 如果有任何問題請提出。

何か質問がありましたらどうぞ聞いてくださいスタッフメンバー。

說 可以改搭其他航空公司的班機嗎？

迷你句 **他の航空会社、変更できる？**
hoka no ko-ku-gaisha, henko- dekiru?

完整句 他の航空会社に変更できますか。
hoka no ko-ku-gaisha ni henko- dekimasuka?

聽 您可選擇改搭其他航空公司的班機。

他の航空会社に変更できます。

必學單字

01 遅れる＝延遲
okureru

02 迷惑＝麻煩
me-waku

03 質問＝問題
shitsumon

04 他＝其他
hoka

必學會話｜10 錯過班機

Track 011

說 我沒搭到飛機，該怎麼辦？

迷你句 **乗り遅れた。どうする？**
noriokureta. do-suru?

完整句 便に乗り遅れました。どうしたらいいですか。
bin ni noriokuremashita. do-shitarai-desuka?

聽 您要不要訂明天的班機呢？

明日の便を予約しますか。

說 飛機已經起飛了嗎？

迷你句 **便、出た？**
bin, deta?

完整句 便はもう出ましたか。
bin wa mo- demashitaka?

聽 不好意思，這班飛機已經要起飛了。

申し訳ございませんが、飛行機はただいま離陸準備にかかりました。

說 這班班機還能登機嗎？

迷你句 **この便は、搭乗できる？**
kono bin wa,to-jyo- dekiru?

完整句 この便はまだ搭乗できますか。
kono bin wa mada to-jyo- dekimasuka?

聽 很抱歉，機艙門已經關上了。

申し訳ございませんが、飛行機のドアはもう閉まりました。

說 我錯過轉機的航班了。

迷你句 **乗り継き便、乗り遅れました。**
norizuki bin, noriokuremashita.

完整句 乗り継き便に乗り遅れました。
norizuki bin ni noriokuremashita.

聽 請至轉機櫃檯詢問。

乗り継きカウンターで聞いてください。

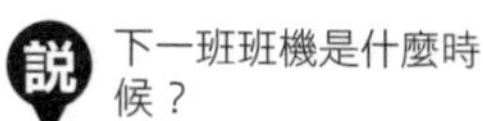

說 下一班班機是什麼時候？

迷你句 **次の便はいつ？**
tsugi no bin wa itsu?

完整句 次の便はいつですか。
tsugi no bin wa itsu desuka.

聽 最快的一班是一個小時之後。

一番速い便は一時間後です。

說 我可以改搭其他時段的班機嗎？

迷你句 **別の便、乗れる？**
betsu no bin, noreru?

完整句 別の便に乗れますか。
betsu no bin ni noremasuka?

聽 下一班前往靜岡的班機是下午四點。

静岡行きの次の便は午後四時です。

說 現在可以取消嗎？

迷你句 **取り消しはできる？**
torikeshi wa dekiru?

完整句 取り消しはできますか。
torikeshi wa dekimasuka?

聽 很抱歉現在不能取消，但是可以更改出發時間。

申し訳ございません、今取り消しをすることができないので、出発時間の振り替えができます。

必學單字

01 離陸＝起飛
ririku

02 乗り遅れ＝錯過班機
noriokure

03 取り消し＝取消
torikeshi

04 振り替え＝更改
furikae

02 上飛機

常用句型＋實用替換字

可以換到　更安靜的　座位嗎？

- もっと静(しず)かな　席(せき)に変更(へんこう)してもいいですか。

motto sizukana　seki ni henkou shitemo iidesuka?

替換單字

1 | 更寬敞的　もっと広(ひろ)い（motto hiroi）
2 | 隔壁沒有人的　隣(となり)に人(ひと)がいない（tonarini hito ga inai）
3 | 更前面的　もっと前(まえ)の（motto maeno）
4 | 更後面的　もっと後(うし)ろの（motto ushirono）
5 | 那一個　あの（ano）

洗手間　在哪裡？

- お手洗(てあら)い　はどこですか。

otearai　wa doko desuka?

替換單字

1 | 商務艙　ビジネスクラス（bijinesu kurasu）
2 | 頭等艙　ファーストクラス（fa-suto kurasu）
3 | 經濟艙　エコノミークラス（ekonomi- kurasu）
4 | 逃生門　非常口(ひじょうぐち)（hijouguchi）
5 | 我的座位　私(わたし)の席(せき)（watashi no seki）

可以給我　報紙　嗎？

- 新聞(しんぶん)　を提供(ていきょう)してもいいですか。

shinbun　o teikyou shitemo iidesuka?

替換單字

1 | 雜誌　雑誌(ざっし)（zasshi）
2 | 毛毯　毛布(もうふ)（moufu）
3 | 耳機　イヤホン（iyahon）
4 | 口罩　マスク（masuku）
5 | 拖鞋　スリッパー（surippa-）

可以教我 遙控器 的使用方法嗎？

• **リモコン の使い方を教えていただけませんか。**

rimokon no tsukaikata o oshiete itadakemasenka?

替換單字

1 | 娛樂系統 エンターテイメントシステム（enta-teimento shisutemu）
2 | 燈 読書灯（dokushotou）
3 | 安全帶 ベルト（beruto）
4 | 救生衣 救命胴衣（kyumei doui）
5 | 氧氣罩 酸素マスク（sanso masuku）

請給我 雞肉 。

• **鶏肉 をお願いします。**

toriniku o onegai shimasu.

替換單字

1 | 豬肉 豚肉（butaniku）
2 | 海鮮 海鮮（kaisen）
3 | 果汁 ジュース（ju-su）
4 | 葡萄酒 ワイン（wain）
5 | 茶 お茶（ocha）
6 | 可樂 コーラ（ko-ra）
7 | 水 水（mizu）

我不需要 麵包 。

• **パン はいらない。**

pan wa irnaao.

替換單字

1 | 飲料 飲み物（nomimono）
2 | 機上餐 機内食（kinaishoku）
3 | 沙拉 サラダ（sarada）
4 | 甜點 デザート（deza-to）
5 | 水果 果物（kudamono）

請給我 商品目錄 。

• カタログ をください。

katarogu o kudasai.

替換單字	
1	這個商品 この商品（しょうひん）(kono shouhin)
2	試用品 サンプル (sanpuru)
3	折價券 クーポン券（けん）(ku-pon ken)

可以使用 信用卡 嗎？

• クレジットカード を使（つか）ってもいいですか。

kurejitto ka-do o tsukattemo iidesuka?

替換單字	
1	現金 現金（げんきん）(genkin)
2	集點卡 ポイントカード (pointo ka-do)

請給我 入境申請表 。

• 入国（にゅうこく）カード を提供（ていきょう）してください。

nyu-koku ka-do o teikyou shite kudasai.

替換單字	
1	海關申報書 税関申告書（ぜいかんしんこくしょ）(zeikan shinkoku sho)
2	筆 ペン (pen)
3	當地氣象資訊 現地（げんち）の気象情報（きしょうじょうほう）(genchi no kishou jouhou)

請問有 暈機藥 嗎？

- 酔（よ）い止（ど）めの薬（くすり） がありますか。

yoidome no kusuri ga arimasuka?

替換單字

1 | 止痛藥 鎮痛剤（ちんつうざい）（chintsuuzai）

2 | 頭痛藥 頭痛薬（ずつうやく）（zutsuu yaku）

3 | 胃藥 胃薬（いぐすり）（igusuri）

4 | 嘔吐袋 エチケット袋（ぶくろ）（echiketto bukuro）

我的 頭 很痛。

- 頭（あたま） が痛（いた）いです。

atama ga itai desu.

替換單字

1 | 肚子 お腹（なか）（onaka）

2 | 胃 胃（い）（i）

3 | 心臟 心臓（しんぞう）（shinzou）

4 | 耳朵 耳（みみ）（mimi）

5 | 牙齒 歯（は）（ha）

我的 喉嚨 不太舒服。

- のど の具合（ぐあい）が悪（わる）いです。

nodo no guai ga warui desu.

替換單字

1 | 身體 体（からだ）（karada）

2 | 腸胃 胃腸（いちょう）（ichou）

3 | 腰 腰（こし）（koshi）

4 | 肩膀 肩（かた）（kata）

5 | 腳 足（あし）（ashi）

必學會話｜01 找（換）座位

說 請問我的座位在哪裡？

迷你句 **私の席、どこ？**

watashi no seki, doko?

完整句 私の席はどこですか。

watashi no seki wa doko desuka?

聽 您的座位是31D。

席は31Dです。

說 我可以改坐靠窗嗎？

迷你句 **窓側の席に移れる？**

madogawa no seki ni utsureru?

完整句 窓側の席に移れますか。

madogawa no seki ni utsuremasuka.

聽 很抱歉，因為這班飛機客滿，所以不能換座位。

すみませんが、この便は満席ですから、席が替われません。

說 這是我的位子。

迷你句 **ここは私の席だ。**

koko wa watashi no seki da.

完整句 ここは私の席です。

koko wa watashi no seki desu.

聽 搞錯了真抱歉，23A的座位在哪裡？

間違いました。すみません、23Aはどこですか。

說 不好意思，我坐錯位子了。

迷你句 間違った席座っちゃった？ごめん！

machigatta seki suwacchatta? gomen!

完整句 違い席座ってしまいましたか。ごめんなさい。

chigai seki ni suwatteshimaimashita ka? gomennasai.

聽 這裡是商務艙，經濟艙請往後走。

ここはビジネスクラスの席です。エコノミーは後ろにあります。

說 可以跟你換座位嗎？

迷你句 **席を替わっていいですか。**
seki wo kawatte iidesuka?

完整句 席を替わっていただけませんか。
seki wo kawatteitadakemasenka?

聽 不好意思，我想坐原位。

すみません、ここに座りたいです。

說 可以教我怎麼看座位嗎？

迷你句 **席の取り方を教えてくれる？**
seki no torikata wo oshiete kureru?

完整句 席の取り方を教えていただけませんか。
seki no torikata wo oshiete itadakemasenka?

聽 是否有任何不清楚的地方？

分からないところはありませんか。

說 不好意思，我想要坐走道。

迷你句 **ごめん、通路側に座りたい。**
gomen, tsu-rogawa ni suwaritai.

完整句 すみません、通路側の席に座りたいんですが。
sumimasen, tsu-rogawa no seki ni suwaritainndesuga.

聽 好，你的位子在哪裡？

いいですよ。席はどこですか。

必學單字

01 移る＝移動
utsuru

02 席を替える＝換座位
seki wo kaeru

03 違い＝錯誤的
chigai

04 通路側＝走道側
tsu-rogawa

必學會話｜02 請空姐幫忙

Track 014

説 耳機好像有點壞掉。

迷你句 **ヘッドホンの調子が悪い。**

heddohon no cho-shi ga warui.

完整句 ヘッドホンの調子が悪いです。

heddohon no cho-shi ga warui desu.

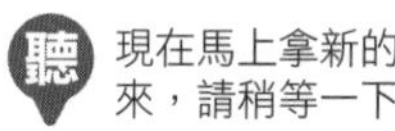

聽 現在馬上拿新的過來，請稍等一下。

今すぐ新しいの持ってきます、少々お待ちください。

説 請給我毛毯。

迷你句 **ブランケットください。**

buranketto kudasai.

完整句 ブランケットをお願いします。

buranketto wo onegaishimasu.

聽 這是您要的毛毯。

ブランケットでございます。

説 我搆不到上面的行李架，可以幫我嗎？。

迷你句 **収納スペースに届かない。手伝ってくれない？**

shu-no-supe-su ni todokanai. tetsudatte kurenai?

完整句 頭上の収納スペースが届かないので、手伝っていただけませんか。

zujyo- no shu-no-supe-su ga todokanai node, te tsudatteitadakemasenka?

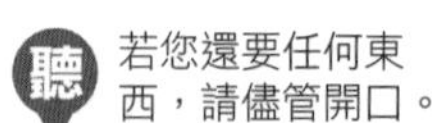

聽 若您還要任何東西，請儘管開口。

何か御用がありましたら、申し付けてください。

説 請給我耳機。

迷你句 **イヤホンください。**

iyahon kudasai.

完整句 イヤホンをお願いします。

iyahon wo onegaishimasu.

聽 請問需要什麼嗎？

何の御用ですか。

說 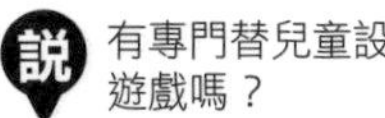
有專門替兒童設計的遊戲嗎？

迷你句 **子供向けのゲーム、ある？**
kodomomuke no ge-mu, aru?

完整句 子供向けのゲームはありますか。
kodomomuke no ge-mu wa arimasuka?

聽 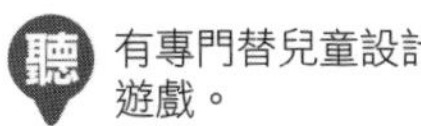
有專門替兒童設計的遊戲。

子供向けのゲームがございます。

說 請給我一個枕頭。

迷你句 **枕を持ってきてください。**
makura wo motte kite kudasai.

完整句 枕を持ってきていただけませんか。
makura wo motte kite itadakemasenka?

聽 還需要我拿別的東西來嗎？

かしこまりました。何かほかの物は要りますか。

說 有小孩子的玩具嗎？

迷你句 **子供が遊ぶおもちゃはある？**
kodomo ga asobu omocha wa aru?

完整句 子供が遊ぶおもちゃはありますか。
kodomo ga asobu omocha wa arimasuka?

聽 有著色本。

塗り絵があります。

必學單字

01 調子＝狀態
cho-shi

02 子供向け＝專門為小孩子設計
kodomomuke

03 申し付ける＝吩咐
mo-shitsukeru

04 塗り絵＝著色本
nurie

必學會話｜03 機上餐飲

Track 015

說 請給我一杯咖啡。

迷你句 **コーヒーを一杯（いっぱい）。**
ko-hi- wo ippai.

完整句 コーヒーを一杯（いっぱい）ください。
ko-hi- wo ippai kudasai.

聽 您要咖啡還是茶？

コーヒーにしますか。それともお茶（ちゃ）にしますか 。

說 請問下一餐是什麼時候？

迷你句 **次（つぎ）の食事（しょくじ）、いつ？**
tsugi no shokuji, itsu?

完整句 次（つぎ）の食事（しょくじ）はいつですか。
tsugi no shokuji wa itsu desuka?

聽 請各位旅客回到座位用餐。

座席（ざせき）に戻（もど）って、食事（しょくじ）をしてください。

說 如果要吃飯請叫我起床。

迷你句 **食事（しょくじ）になったら起（お）こして。**
shokuji ni nattara okoshite.

完整句 食事（しょくじ）になったら起（お）こしてください。
shokuji ni nattara okoshite kudasai.

聽 下一餐約在20分鐘之後開始。

次（つぎ）の食事（しょくじ）は20分後（ぶんご）出（で）る予定（よてい）です。

說 我對花生過敏，可以幫我換成其他的零食嗎？

迷你句 **ピーナッツにアレルギー。他（ほか）のおつまみに換（か）えてくれない？**
pi-nattsu ni arerugi-. hoka no otsumami ni kaetekurenai?

完整句 ピーナッツにアレルギーなので他（た）のおつまみに換（か）えていただけませんか。
pi-nattsu ni arerugi- nanode. hoka no otsumami ni kae teitadakemasenka?

聽 好的，餐點方面請問您要吃哪一種呢？

はい、お食事（しょくじ）はどれがよろしいですか。

 請收走我的托盤。

迷你句 **トレーを下げてくれる？**
tore- wo sagete kureru?

完整句 トレーを下げてください。
tore- wo sagete kudasai.

聽 請問您用完餐了嗎？ 食事はお済みですか。

說 我要豬肉餐。

迷你句 **豚肉セットにする。**
butaniku setto ni suru.

完整句 豚肉セットにします。
butaniku setto ni shimasu.

聽 請問您的飲料要喝點什麼？ お飲み物は何がよろしいでしょうか。

說 剛剛要的水還沒來。

迷你句 **さっき頼んだ水がまだ来てない。**
sakki tanonda mizu ga mada kitenai.

完整句 先ほど頼んだ水がまだ来ません。
sakihodo tanonda mizu ga mada kimasen.

聽 請問您按鈴呼叫嗎？ お呼びになりましたか。

必學單字

01 食事＝用餐
shokuji

02 起こす＝喚醒
okosu

03 済み＝用完，結束
sumi

04 頼む＝請求
tanomu

必學會話｜04 機上免稅品

Track 016

説 請給我一份商品型錄。

迷你句 **商品カタログをください。**
sho-hin katarogu wo kudasai.

完整句 免税品カタログを一枚お願いします。
menze-hin katarogu wo ichimai onegaishimasu.

聽 請稍等，我馬上拿一份型錄給您。

少々お待ちください。今すぐカタログを持ってきます。

説 有免稅商品的目錄嗎？

迷你句 **免税品のカタログはある？**
menze-hin no katarogu wa aru?

完整句 免税品のカタログはありますか。
menze-hin no katarogu wa arimasuka?

聽 請參考座位前的免稅商品型錄。

座席の前にある免税品のカタログを参考にしてみてください。

説 機艙內有販售免稅商品嗎？

迷你句 **機内で免税品の販売はある？**
kinai de menze-hin no hanbai wa aru?

完整句 機内で免税品を販売していますか。
kinai de menze-hin wo hanbaishi teimasuka?

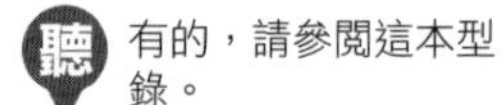

聽 有的，請參閱這本型錄。

はい、このカタログをご覧ください。

説 可以用信用卡買免稅品嗎？

迷你句 免税品をクレジットカードで買える？
menze-hin wo kurejittoka-do de kaeru?

完整句 機内免税品をクレジットカードで購入できますか。
kinai menze-hin wo kurejittoka-do de ko-nyu-dekimasuka?

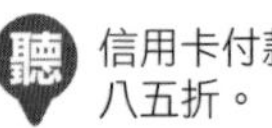

聽 信用卡付款可以打八五折。

クレジットカードで支払うと、15パーセントの割引があります。

請給我兩條香菸。

迷你句 **タバコを2カートンください。**

tabako wo tsu-ka-ton kudasai.

完整句 タバコを2カートンお願いします。

tabako wo tsu-ka-ton onegaishimasu.

若商品有問題，一個月以內可以接受退貨。

不良品に関しては、一ヶ月以内まで返品をお受けつけています。

刷卡便宜還是付現便宜？

迷你句 **クレジットカードのほうが安い？あるいは現金？**

kurejittoka-do no ho- ga yasui?aruiwa genkin?

完整句 クレジットカードで払う方が安いですか。それとも現金の方が安いですか。

kurejittoka-do de harau ho- ga yasui desuka? soretomo genkin no ho- ga yasui desuka?

網路預購的話，可以再打九折。

ネットで予約すれば、さらに10パーセント安くなります。

我有信用卡，有打折嗎？

迷你句 **クレジットカードを持っている。割引ある？**

kurejittoka-do wo motte iru. waribiki aru?

完整句 クレジットカードを持っていますが、割引がありますか。

kurejittoka-do wo mottei masuga,waribiki ga arimasuka?

刷卡可享有九五折的優惠。

クレジットカードで、5パーセントの割引があります。

必學單字

01 商品（しょうひん）カタログ＝商品型錄
sho-hinkatarogu

02 免税品（めんぜいひん）＝免稅商品
menze-hin

03 返品（へんぴん）＝退貨
henpin

04 受（う）け付（つ）ける＝接受
uketsukeru

必學會話｜05 抵達降落

Track 017

說 請給我一張入境申請表。

迷你句 **入国カード、一枚。**
nyu-kokuka-do, ichimai.

完整句 入国審査カードを一枚お願いします。
nyu-kokushinsaka-do wo ichimai onegaishimasu.

聽 是否需要入境申請表？

入国審査カードは要りますか。

說 要如何填寫入境申請表？

迷你句 **入国カード、どう書く？**
nyu-kokuka-do, do-kaku?

完整句 入国審査カードの書き方を教えてください。
nyu-kokushinsaka-do no kakikata wo oshietekudasai.

聽 正面請全部填寫。

記入面に全部記入してください。

說 航班有準時嗎？

迷你句 **フライトは時間通り？**
furaito wa jikando-ri

完整句 フライトは時間通りですか。
furaito wa jikando-ri desuka

聽 延遲了2個小時。

2時間遅れます。

說 剛剛廣播說了什麼？

迷你句 **機内放送、何言った？**
kinaiho-so-, nani itta?

完整句 機内放送で何と言いましたか。
kinaiho-so- de nan to i-mashitaka?

聽 請豎直您的椅背。

背もたれをお戻しになってください。

 當地時間是幾點？

迷你句 **現地時間で今何時？**
genchijikande ima nanji?

完整句 現地時刻で今何時ですか。
genchijikoku de ima nanji desuka?

 當地時間是12月24日，下午2點40分。

ただ今の現地時刻は 12 月24日、午後2時40分です。

 剛剛的廣播很重要嗎？

迷你句 **放送には重要な内容ある？**
ho-so- ni wa jyu-yo- na naiyo- aru?

完整句 機内放送は重要な内容を含んでいますか。
kinaiho-so- wa jyu-yo- na naiyo- wo fukunde imasuka?

 在安全指示燈沒有熄滅前，請勿解開安全帶。

ベルト着用サインが消えるまで、シートベルトを外さないでください。

說 什麼時候降落？

迷你句 **いつ着陸する？**
itsu chakuriku suru?

完整句 いつ着陸しますか。
itsu chakuriku shimasuka?

 我們即將降落，請繫好您的安全帶。

今から着陸態勢へ入るのでシートベルトをお締めください。

必學單字

01 入国審査カード＝入境審查表
nyu-kokushinsaka-do

02 現地時刻＝當地時間
genchijikoku

03 放送＝廣播
ho-so-

04 着陸＝降落
chakuriku

說 畫面變黑了。

迷你句 **画面が黒い。**
gamen ga kuroi.

完整句 画面が黒くなりました。
gamen ga kuroku narimashita.

聽 這是觸控螢幕，碰一下畫面就會再出現。

これはタッチパネルから、画面をタッチとすぐ戻ります。

說 我要如何選擇節目？

迷你句 **チャンネルはどう選択する？**
channeru wa do- sentaku suru?

完整句 どうやってチャンネルを選択しますか。
do-yatte channeru wo sentaku shimasuka?

聽 可以用遙控器操作。

リモコンで操作できます。

說 這個節目可以切換語言嗎？

迷你句 **この番組は言語の選択ができる？**
kono bangumi wagengo no sentaku ga dekiru?

完整句 この番組は言語の選択ができますか。
kono bangumi wagengo no sentaku ga dekimasuka?

聽 按下紅色的按鍵，就可以切換語言。

赤いボタンを押すと、言語が変わります。

說 我想要聽音樂，可以教我使用方法嗎？

迷你句 **音楽を聴きたい。どうやって聞ける？**
ongaku wo kikitai. do- yatte kikeru?

完整句 音楽を聴きたいんですが、どうしたら聞けますか。
ongaku wo kikitain desuga, do-shitara kikemasuka?

聽 長按電源鍵就可以開機。

電源ボタン長押しすると、電源をつけることができます。

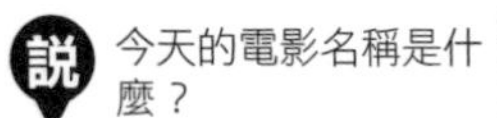

說 今天的電影名稱是什麼？

迷你句 **今日の映画のタイトルは何？**
kyo- no e-ga no taitoru wa nani?

完整句 今日の映画のタイトルは何ですか。
kyo- no e-ga no taitoru wa nandesuka?

聽 座位前的螢幕有顯示今天放映電影的相關資訊。

座席前のスクリーンに今日の映画についての情報が載せています。

說 請問如何打開廁所門？

迷你句 **トイレのドア、どう開ける？**
toire no doa, do- akeru?

完整句 トイレのドアをどう開けますか。
toire no doa wo do- akemasuka?

聽 向前推開即可打開。

前に押すと開けることができます。

說 要怎麼使用安全帶？

迷你句 **シートベルト、どう締める？**
shi-toberuto, do- shimeru?

完整句 シートベルトはどうやって締めますか。
shi-toberuto wa do-yatte shimemasuka?

聽 現在跟您解說安全帶的使用方法。

ただいまシートベルトの使用法をご説明いたします。

必學單字

01 番組＝節目
bangumi

02 長押し＝長按
nagaoshi

03 押す＝推
osu

04 締める＝繫上
shimeru

説 我有點暈機了。

迷你句 **飛行機に酔った。**
hiko-ki ni yotta.

完整句 飛行機酔いました。
hiko-ki yoimashita.

聽 我們有準備綠油精。

ミントオイルを用意しております。

説 請給我暈機藥。

迷你句 **酔い止めの薬をください。**
yoidome no kusuri wo kudasai.

完整句 酔い止めの薬をお願いします。
yoidome no kusuri wo onegaishimasu.

聽 我會和水一起拿來，請稍等一下。

水と一緒に持ってきます。少々お待ちください。

説 快吐了。

迷你句 **吐きそう。**
hakiso-.

完整句 吐きそうです。
hakiso-desu.

聽 我們有準備嘔吐袋。

エチケット袋を用意しております。

説 有止痛藥嗎？

迷你句 **鎮痛剤ある？**
chintsu-zai aru ?

完整句 鎮痛剤はありますか。
chintsu-zai wa arimasuka?

聽 請問您有醫生開的證明嗎？

診断証明書をお持ちでしょうか。

說 我覺得呼吸困難。

迷你句 **息が苦しい。**
iki ga kurushii-.

完整句 息が苦しいです。
iki ga kuru shi-desu.

聽 若有任何不適，請告知服務人員。

気持ちが悪かったら、キャビンアテンダントに言ってください。

說 感覺不太舒服。

迷你句 **具合が悪くなる。**
guai ga waruku naru.

完整句 具合が悪くなります。
guai ga waruku narimasu.

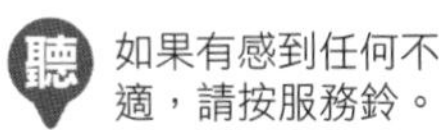
聽 如果有感到任何不適，請按服務鈴。

気持ちが悪かったら、呼び鈴を押してください。

說 似乎有點輕微的心臟病發作。

迷你句 **軽い心臓発作を起こしそう。**
karui shinzo-hossa wo okoshiso-.

完整句 心臓発作をちょっと起こしそうです。
shinzo-hossa wo chottookoshiso- de su.

聽 是否有帶著心臟病的藥？

心臓病の薬をお持ちですか。

必學單字

01 飛行機酔い＝ 暈機
hiko-kiyoi

02 酔い止め＝止暈藥
yoidome

03 息＝呼吸
iki

04 苦しい＝痛苦
kurushi-

03 入境

常用句型＋實用替換字

Track 020

我入境的目的是 觀光 。

- 観光（かんこう）のために来（き）たんです。

kankou no tameni kitan desu.

替換單字

1	旅遊	旅行（りょこう）(ryokou)
2	商務	ビジネス (bijinesu)
3	出差	出張（しゅっちょう）(shucchou)
4	團體旅遊	団体旅行（だんたいりょこう）(dantai ryokou)
5	自助旅遊	個人旅行（こじんりょこう）(kojin ryokou)

有需要 按壓指紋 嗎？

- 指紋（しもん）を押（お）す 必要（ひつよう）がありますか。

shimon o osu hitsuyou ga arimasuka?

替換單字

1	拍攝照片	写真（しゃしん）を撮（と）る (shashin o toru)
2	簽名	サインする (sain suru)
3	寫入境卡	入国（にゅうこく）カードを書（か）く (nyu-koku ka-do o kaku)

我是和 家人 一起來的。

- 家族（かぞく）と一緒（いっしょ）に来（き）ました。

kazoku to isshoni kimashita.

替換單字

1	朋友	友人（ゆうじん）(yuujin)
2	丈夫	夫（おっと）(otto)
3	妻子	妻（つま）(tsuma)
4	上司	上司（じょうし）(joushi)
5	同事	同僚（どうりょう）(douryou)

行李領取處　在哪裡？

• **荷物取扱所(にもつとりあつかいじょ) はどこですか。**

nimotsu toriatsukaijyo wa doko desuka?

替換單字
1 | CI110 的行李　CI110 便(びん)の荷物(にもつ)（CI110 bin no nimotsu）
2 | 台北來的行李　台北(たいぺい)からの荷物(にもつ)（taipei karano nimotsu）
3 | 失物招領處　遺失物取扱所(いしつぶつとりあつかいじょ)（ishitsu butsu toriatsukaijyo）

往　台北　的轉機要去哪裡才對呢？

• **台北(たいぺい) への乗(の)り継(つ)ぎはどこへ行(い)けばいいですか。**

taipei　e no nori tsugi wa doko e ikeba iidesuka?

替換單字
1 | 北京　北京(ぺきん)（pekin）
2 | 紐約　ニューヨーク（nyu- yo-ku）
3 | 舊金山　サンフランシスコ（sanfuranshisuko）
4 | 巴黎　パリ（pari）
5 | 羅馬　ローマ（ro-ma）

可以將　台幣　換成日圓嗎？

• **台湾(たいわん)ドル を日本円(にほんえん)に換(か)えてもいいですか。**

taiwan doru　o nihonen ni kaetemo iidesuka?

替換單字
1 | 人民幣　人民元(じんみんげん)（jinmin gen）
2 | 美金　ドル（doru）
3 | 歐元　ユーロ（yu-ro）

行李 不見了。

- **荷物を失くしました。**（にもつ、な）

nimotsu o nakushimashita.

替換單字

1 | 包包　かばん（kaban）

2 | 行李裡的物品　荷物の中の品物（にもつ、なか、しなもの）（nimotsu no naka no shinamono）

3 | 行李內的電腦　荷物の中のノートパソコン（にもつ、なか）（nimotsu no naka no no-topasokon）

請問 第一航廈 要怎麼走？

- **第一ターミナルはどうやって行けばいいですか。**（だいいち、い）

dai ichi ta-minaru wa douyatte ikeba iidesuka?

替換單字

1 | 車站　駅（えき）（eki）

2 | 巴士總站　バスターミナル（basu ta-minaru）

3 | 計程車搭乘處　タクシー乗り場（の、ば）（takushi- noriba）

4 | 服務中心　サービスセンター（sa-bisu senta-）

5 | 洗手間　お手洗い（て、あら）（otearai）

我想去 便利商店 ，但不知道位置在哪裡。

- **コンビニへ行きたいんですが、場所がわかりません。**（い、ばしょ）

konbini e ikitaindesuga, basho ga wakarimasen.

替換單字

1 | 咖啡店　コーヒーショップ（ko-hi- shoppu）

2 | 免稅店　免税店（めんぜいてん）（menzei ten）

3 | 兌幣處　外貨両替所（がいか りょうがえじょ）（gaika ryougae jyo）

4 | 吸菸室　喫煙室（きつえんしつ）（kitsuen shitsu）

5 | VIP 室　VIP 室（しつ）（vip shitsu）

我對於 服務態度 感到不滿意。

• **接客態度（せっきゃくたいど）について不満（ふまん）があります。**

sekkyaku taido ni tsuite fuman ga arimasu.

替換單字
1 | 辦理 Check in 的速度　チェックインのスピード（chekkuinn no supi-do）
2 | 空服員　キャビンアテンダント（kyabin atenndanto）
3 | 貴公司網站　御社（おんしゃ）のウェブサイト（onnsha no webusaito）

請處理好 客訴 。

• **苦情（くじょう）はちゃんと解決（かいけつ）しなさい。**

kujyou　wa chanto kaiketsu shinasai.

替換單字
1 | 這個問題　この問題（もんだい）（kono mondai）
2 | 機票相關問題　チケットに関（かん）する問題（もんだい）（chiketto ni kansuru monndai）
3 | 賠償　賠償（ばいしょう）（baishou）

我想與 經理 聯絡。

• **支配人（しはいにん）と連絡（れんらく）したいです。**

shihainin　to renraku shitai desu.

替換單字
1 | 負責人　責任者（せきにんしゃ）（sekininsha）
2 | 你的主管　あなたの上司（じょうし）（anatano jyoushi）
3 | 這部分的窗口　担当（たんとう）の人（ひと）（tantou no hito）

說 是的，我第一次來。

迷你句 **はい、初めて。**
hai,hajimete.

完整句 はい、初めてです。
hai,hajimete desu.

聽 第一次來這個國家嗎？

この国は初めてですか。

說 我是來觀光的。

迷你句 **観光。**
kanko-.

完整句 観光です。
kanko- desu.

聽 為什麼要入境？

入国の目的は何ですか。

說 請告訴我入境審查的流程。

迷你句 **入国審査の流れ、教えて。**
nyu-kokushinsa no nagare, oshiete.

完整句 入国審査の流れを教えてください。
nyu-kokushinsa no nagare wo oshietekudasai.

聽 入境時，請主動出示護照。

入国の際に、パスポートをお見せください。

說 沒有，都是一些私人物品。

迷你句 **ない、身の回りの品だけ。**
nai,minomawari no shina dake.

完整句 いいえ、身の回りの品だけです。
i-e, minomawari no hin dake desu.

聽 有沒有要申報的物品？

申告するものはありませんか。

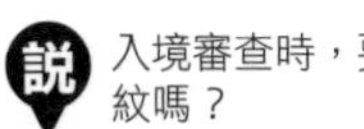

入境審查時，要留指紋嗎？

迷你句 **指紋採取、必要？**
shimonsaishu, hitsuyo-?

完整句 指紋の採取が必要ですか。
shimon no saishu ga hitsuyo- desuka?

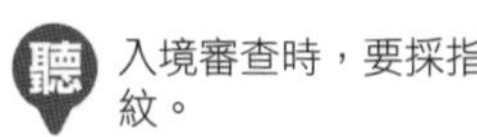

入境審查時，要採指紋。

入国審査する際に、指紋の採取が必要となります。

在哪裡拿海關申報單？

迷你句 **税関申告書、どこ？**
ze-kanshinkokusho, doko?

完整句 税関申告書はどこにありますか。
ze-kanshinkokusho wa doko ni arimasuka?

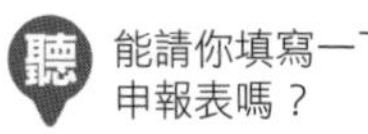

能請你填寫一下海關申報表嗎？

税関申告書を記入していただけませんか。

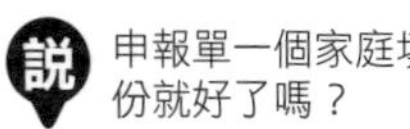

申報單一個家庭填一份就好了嗎？

迷你句 **税関申告書は家族で一枚？**
ze-kanshinkokusho wa kazoku de ichimai?

完整句 税関申告書は家族で一枚記入すれば大丈夫ですか。
ze-kanshinkokusho wa kazoku de ichimai kinyu- sureba daijyo-bu desuka?

申報單一人一份。

税関申告書は一人で一枚です。

必學單字

01 身の回り＝隨身
minomawari

02 入国審査＝入境審查
nyu-kokushinsa

03 流れ＝流程
nagare

04 税関申告書＝申報單
ze-kanshinkokusho

必學會話｜02 提領行李

說 領行李的地方在哪裡？

迷你句 **手荷物受取場、どこ？**

tenimotsuuketoriba. do ko?

完整句 手荷物受取場はどこにありますか。

tenimotsuuketoriba wa doko ni arimasuka?

聽 在這邊領行李。

手荷物受取場はこちらです。

說 行李沒有出來該怎麼辦？

迷你句 **荷物が出てこない。どうする？**

nimotsu ga detekonai, do-suru?

完整句 荷物が出てきません。どうしますか。

nimotsu ga detekimasen. do-shimasuka?

聽 如果行李遺失，請向工作人員反應。

荷物が出てこないとき、係員をお呼びください。

說 這是班機 714 的行李迴轉帶嗎？

迷你句 **これ、714便のターンテーブル？**

kore, 714 bin no ta-nte-buru?

完整句 これは714便のターンテーブルですか。

kore wa 714 bin no ta-nte-buru desuka?

聽 是的，但行李還沒有出來。

はい、荷物はまだ出てきません。

說 領取行李時該注意什麼？

迷你句 **手荷物を受け取る時、注意すべきことは？**

tenimotsu wo uketoru toki chu-i subeki koto wa?

完整句 手荷物を受け取る時、何か注意すべきことはありませんか。

tenimotsu wo uketoru toki, nanika chu-i subeki koto wa arimasenka?

聽 請確認行李吊牌。

クレームタグを確認してください。

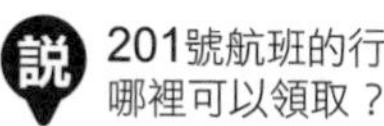
說 201號航班的行李在哪裡可以領取？

迷你句 **201便の荷物はどこで取れる？**
201bin no nimotsu wa doko de toreru?

完整句 201便に乗ったのですが、荷物はどこで取れますか。
201bin ni nottanodesuga ,nimotsu wa doko de toremasuka?

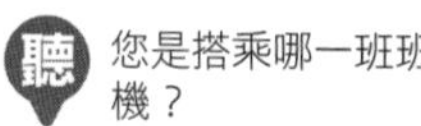
聽 您是搭乘哪一班班機？

何便で到着しましたか。

說 如果行李有破損該怎麼辦？

迷你句 **荷物が破損していたら、どうする？**
nimotsu ga hason shiteitara, do-suru ?

完整句 荷物が破損していたら、どうしましょうか。
nimotsu ga hason shiteitara, do- shima sho- ka?

聽 任何損壞的行李均由航空公司負責。

荷物が破損している場合、航空会社の責任となります。

說 605班機的行李迴轉帶在哪裡？

迷你句 **605 便のターンテーブルはどこ？**
605 bin no ta-nte-buru wa doko?

完整句 605 便のターンテーブルはどこですか。
605 bin no ta-nte-buru wa dokodesuka?

聽 605號班機是3號行李迴轉帶。

605 便は 3 番のターンテーブルです。

必學單字

01 手荷物受取場＝行李領取處
tenimotsu uketoriba

02 係員＝負責人員
kakariin

03 受け取る＝領取
uketoru

04 破損＝損壞
hason

必學會話｜03 過境（轉機） Track 023

說 過境停留時間多長呢？

迷你句 **トランジット待ちの時間、どのぐらい？**

toranjittomachi no jikan, donogurai?

完整句 トランジット待ちの時間はどのぐらいかかりますか。

toranjittomachi no jikan wa donogurai kakarimasuka?

聽 過境等候時間為三小時。

トランジット待ち時間は三時間です。

說 有需要領取行李嗎？

迷你句 **ここで荷物を受け取る必要がある？**

koko de nimotsu wo uketoru hitsuyo- ga aru?

完整句 ここで荷物を受け取る必要がありますか。

koko de nimotsu wo uketoru hitsuyo- ga arimasuka?

聽 行李直接送到最終目的地。

荷物は最終目的地まで届きます。

說 過境休息室在哪裡？

迷你句 **トランジットラウンジはどこ？**

toranjittoraunji wa doko?

完整句 トランジットラウンジはどこですか。

toranjittoraunji wa dokodesuka?

聽 請注意不要錯過班機。

乗り遅れないように気をつけてください。

說 我弄丟了我的轉機證。

迷你句 **トランジットパスをなくしちゃった。**

toranjittopasu wo nakushichatta.

完整句 トランジットパスをなくしてしまいました。

toranjittopasu wo nakushite shimaimashita.

聽 您原本的目的地是哪裡？

最終目的地はどこですか。

說 需要過境簽證嗎？

迷你句 **トランジットビザ、必要？**
toranjittobiza, hitsuyo-?

完整句 トランジットビザが必要ですか。
toranjittobiza ga hitsuyo- desuka?

聽 沒有過境簽證的話，可能不能上飛機。

トランジットビザを持っていなければ、飛行機に間に合わないかもしれません。

說 我想辦理轉機。

迷你句 **乗り継きの手続きしたい。**
norizuki no tetsuzuki shitai.

完整句 乗り継きの手続きをしたいんですが。
norizuki no tetsuzuki wo shitain desuga.

聽 我跟您說明一下轉機的流程。

乗り継き手続きの流れについてご説明いたします。

說 可以說明一下轉機的手續嗎？

迷你句 **乗り継きの手続き、説明してくれない？**
norizuki no tetsuzuki, setsume-shitekurenai?

完整句 乗り継きの手続きについて説明していただけませんか。
norizuki no tetsuzuki nitsuite setsume-shiteitadakemasenka?

聽 請在國際線轉機櫃檯進行搭機手續。

国際線乗り継ぎカウンターで、搭乗手続きが行われます。

必學單字

01 届く＝送到
todoku

02 気をつける＝注意小心
kiwotsukeru

03 手続き＝手續
tetsuzuki

04 乗り継きカウンター＝轉機櫃台
norizuki kaunta-

必學會話｜04 行李遺失

Track 024

說 我找不到我的行李。

迷你句 **荷物が見つからない。**
nimotsu ga mitsukaranai.

完整句 荷物が見つかりません。
nimotsu ga mitsukarimasen.

聽 請問行李是什麼樣子？

どのようなお荷物ですか。

說 大的粉紅色皮箱。

迷你句 **大型のピンクのスーツケース。**
o-gata no pinku no su-tsuke-su.

完整句 大型のピンクのスーツケースです。
o-gata no pinku no su-tsuke-sudesu.

聽 您行李的特徵是什麼？

荷物の特徴は何ですか。

說 我的行李沒有出來。

迷你句 **荷物は出てこない。**
nimotsu wa detekonai.

完整句 荷物が出てきません。
nimotsu ga detekimasen.

聽 您的託運行李在這裡。

託送荷物はここにあります。

說 化妝品和換洗衣物。

迷你句 **着替えと化粧品が入っている。**
kigae to kesho-hin ga haitte-ru.

完整句 着替えと化粧品が入っています。
kigae to kesho-hin ga haitte-masu.

聽 行李裡面放了什麼東西？

中には何が入っていますか。

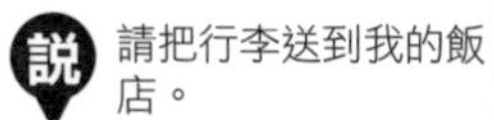

請把行李送到我的飯店。

迷你句 **荷物はホテルに届けてください。**
nimotsu wa hoteru ni todokete kudasai.

完整句 荷物はホテルに届けてもらいます。
nimotsu wa hoteru nitodokete moraimasu.

請填寫這份資料。

この書類に御記入ください。

你能幫我處理嗎？

迷你句 **何とかして？**
nan to ka shi te?

完整句 何とかしていただけませんか。
nan to ka shite itadakemasenka?

請將登機時拿到的行李牌拿給工作人員看。

チェックインする際にもらったクレームタグをスタッフに見せましょう。

是一個黑色的行李，有兩個輪子。

迷你句 **黒い荷物、車輪が二個。**
kuroi nimotsu, sharin ga niko.

完整句 黒い荷物で車輪が二個付いています。
kuroi nimotsu de sharin ga niko tsuiteimasu.

您的行李是什麼顏色的？

何色の荷物ですか。

必學單字

01 託送荷物＝託運行李
takuso-nimotsu

02 見つかる＝發現
mitsukaru

03 書類＝資料
shorui

04 着替え＝換洗衣物
kigae

必學會話｜05 兌換外幣 Track 025

哪裡可以換錢？

迷你句 **どこで両替？**

doko de ryo-gae?

完整句 どこで両替できますか。

doko de ryo-gae dekimasuka?

在機場也可以兑幣。

空港でも両替できます。

在機場兑幣還是到銀行兑幣比較好？

迷你句 **空港で両替？銀行で両替？**

ku-ko- de ryo-gae? ginko- de ryo-gae?

完整句 空港で両替しますか。銀行で両替しますか。

ku-ko- de ryo-gae shimasuka? ginko- de ryo-gae shimasuka?

寫著「兑換外幣專店」的地方就可以兑幣了。

外国為替取扱店と書いてある所で両替できます。

請將這張紙鈔換成硬幣。

迷你句 **この紙幣を崩してください。**

kono shihe- wo kuzushite kudasai.

完整句 この紙幣を崩していただけませんか。

kono shihe- wo kuzushi te itadakemasenka?

您希望如何換？

どのように変えますか。

不好意思，我想要把台幣換成日圓。

迷你句 **台湾元を日本円に両替したい。**

taiwan gen wo nihon en ni ryo-gae shitai.

完整句 台湾元を日本円に両替したいんですが。

taiwan gen wo nihon en ni ryo-gae shitaindesuga...

您要換成日圓是嗎？

日本円に両替しますか。

說 這個時間還有開著的外幣兌換所嗎？

迷你句 **この時間でも開いている両替屋はある？**
kono jikan demo aite-ru ryo-gaeya wa aru?

完整句 この時間でも開いている両替屋はありますか。
kono jikan demo aite-ru ryo-gaeya wa arimasuka?

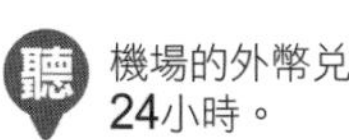
聽 機場的外幣兌換所是24小時。

空港の両替屋は24時間営業しています。

說 請幫我換成美元。

迷你句 **ドルに両替してください。**
doru ni ryo-gaeshite kudasai.

完整句 ドルに両替していただけませんか。
doru ni ryo-gaeshite itadakemasenka?

聽 一美元是90.33 日圓。

1ドルは 90.33 円です。

說 請給我收據。

迷你句 **両替計算書をください。**
ryo-gaeke-sansho wo kudasai.

完整句 両替計算書をお願いします。
ryo-gaeke-sansho wo onegaishimasu.

聽 需要收據嗎？

計算書はご利用ですか。

必學單字

01 両替＝換錢
ryo-gae

02 外国為替取扱店＝兌換外幣專店
gaikokukawasetoriatsukaiten

03 崩す＝換成零錢
kuzusu

04 両替計算書＝兑幣收據
ryo-gaeke-sansho

必學會話｜06 在航站迷路 Track 026

說 停車場在哪裡？

迷你句 **駐車場、どこ？**
chu-shajyo-, doko?

完整句 駐車場はどこにありますか。
chu-shajyo- wa doko ni arimasuka?

聽 在第二航廈。

第二ターミナルビルにあります。

說 和朋友失散了。

迷你句 **友人とはぐれた。**
yu-jin to hagureta.

完整句 友人とはぐれました。
yu-jin to haguremashita.

聽 我幫您廣播看看。

呼び出し放送をさせていただきます。

說 計程車乘車地方在哪？

迷你句 **タクシー乗り場、どこ？**
takushi- noriba, doko?

完整句 タクシー乗り場はどこにありますか。
takushi- noriba wa doko ni arimasuka?

聽 您可搭乘巴士到東京市區。

バスで東京都内に行くことができます。

說 我找不到轉機的登機門。

迷你句 **乗り継きの搭乗ゲートが見つからない。**
norizuki no to-jyo-ge-to ga mitsukaranai.

完整句 乗り継きの搭乗ゲートが見つかりません。
norizuki no to-jyo-ge-to ga mitsukarimasen.

聽 可以讓我看看您的登機證嗎？

搭乗券を見せていただけませんか。

說 免費接駁巴士在哪裡搭乘？

迷你句 **無料シャトルバスはどこで乗る？**

muryo- shatorubasu wa doko de noru?

完整句 無料シャトルバスはどこで乗りますか。

muryo- shatorubasu wa doko de norimasuka?

聽 接駁巴士的乘車處在出口的右邊。

シャトルバス乗り場は出口の右側にあります。

說 轉機櫃台在哪裡？

迷你句 **乗り継きカウンターはどこ？**

norizukikaunta- wadoko?

完整句 乗り継きカウンターはどこですか。

norizukikaunta- wa dokodesuka?

聽 轉機櫃台在那邊。

乗り継きカウンターはあちらです。

說 出口在哪裡？

迷你句 **出口はどこ？**

deguchi wa doko?

完整句 出口はどこですか。

deguchi wa dokodesuka?

聽 請問您打算怎麼去市區？

どうやって市内に行くつもりですか。

必學單字

01 駐車場＝停車場

chu-shajyo-

02 タクシー乗り場＝計程車搭乘區

takushi-noriba

03 呼び出し放送＝尋人廣播

yobidashiho-so-

04 無料シャトルバス＝免費接駁巴士

muryo-shatorubasu

必學會話｜07 需要客訴時

Track 027

說 我要客訴。

迷你句 **苦情を言う。**
kujyo- wo iu.

完整句 苦情を言います。
kujyo- wo i-masu.

聽 請至客訴窗口。

苦情相談窓口にいらしてください。

說 我東西被偷了。

迷你句 **物が盗まれた。**
mono ga nusumareta.

完整句 私のものが盗まれました。
watashi no mono ga nusumaremashita.

聽 可以向航空公司索賠。

航空会社に弁償をお請求させていただきます。

說 我的行李被摔壞了。

迷你句 **荷物を壊された。**
nimotsu wo kowasareta.

完整句 荷物を壊されました。
nimotsu wo kowasaremashita.

聽 我來幫您説明客訴的程序。

苦情処理の手続きを説明いたします。

說 把手被弄壞了。

迷你句 **取手が壊されている。**
totte ga kowasareteiru.

完整句 取手が壊されています。
totte ga kowasareteimasu.

聽 您好，有什麼我可以幫您服務的嗎？

こんにちは、何か御用ですか。

說 有什麼補償？

迷你句 **何か弁償はないか。**
nanika bensho- wa naika?

完整句 何か弁償はありませんか。
nani ka bensho- wa arimasenka?

聽 可以幫我填一下意見函嗎？

ご意見記入欄に記入していただけませんか。

說 你們可以補償我買必需品的金額嗎？

迷你句 **必要な品物を購入したいので補償してくれる？**

hitsuyo- na shinamono wo ko-nyu-shitainode hosho-shi tekureru?

完整句 必要な品物を購入したいので補償していただけませんか。

hitsuyo- na shinamono wo ko-nyu-shitainode hosho-shi teitadakemasenka?

聽 很抱歉，我們無法賠償你的損失。

申し訳ございませんが、補償できません。

說 若是今天沒找到的話，你能怎麼做？

迷你句 **今日中に見つからなかったらどうしてくれる？**

kyo-chu- ni mitsukaranakattara do-shitekureru?

完整句 今日中に見つからなかった場合にはどうしてくれますか。

kyo-chu- ni mitsukaranakatta baai ni wa do-shite kuremasuka?

聽 很抱歉，航空公司將會補償您的損失。

申し訳ございません、航空会社の方が弁償させていただきます。

必學單字

01 苦情＝申訴
kujyo-

02 弁償＝賠償
bensho-

03 品物＝物品
shinamono

04 取手＝把手
totte

04 入住飯店

常用句型＋實用替換字

有　純住宿　的方案嗎？

- **素泊まり　のプランはありますか。**

sudomari　no puran wa arimasuka?

替換單字

1 | 附早餐　朝食付き（choushokutsuki）
2 | 一泊二食　一泊二食（ippaku nishoku）
3 | 早鳥　早割（hayawari）
4 | 外國人專用　外国人専用（gaikokujin senyou）
5 | 特別　特別（tokubetsu）

我想預約　和洋混合房　一晚。

- **和洋室　を一泊予約したいです。**

wayoushitsu　o ippaku yoyaku shitai desu.

替換單字

1 | 單人房　シングルルーム（shinguru ru-mu）
2 | 雙人房（一大床）　ダブルルーム（daburu ru-mu）
3 | 雙床房　ツインルーム（tsuin ru-mu）
4 | 小型雙人床房　セミダブルルーム（semi daburu ru-mu）
5 | 三人房　トリプルルーム（toripuru ru-mu）

請問有附帶　露天溫泉　的房間嗎？

- **露天風呂　つきの部屋はありますか。**

roten buro　tsuki no heya wa arimasuka?

替換單字

1 | 大浴巾　バスタオル（basu taoru）
2 | 免治馬桶　ウォシュレット（wosshuretto）
3 | 牙刷　歯ブラシ（haburashi）
4 | 浴缸　浴槽（yokusou）
5 | 暖氣　暖房（danbou）

我想要 海景 的房間。

• **海が見える部屋 がいいです。**

umi ga mieru heya ga ii desu.

替換單字

1 | 山景 山が見える部屋（yama ga mieru heya）
2 | 邊間 コーナールーム（ko-na- ru-mu）
3 | 連通房 コネクティングルーム（konekutingu ru-mu）
4 | 隔壁房 隣同士の部屋（tonari doushi no heya）
5 | 和室 和室（washitsu）

一晚 的費用是多少呢？

• **一泊 の料金はいくらですか。**

ippaku no ryoukin wa ikura desuka?

替換單字

1 | 加床 エキストラベッド（ekisutora beddo）
2 | 嬰兒床 赤ちゃん用のベッド（akachan you no beddo）
3 | 停車 駐車（chu-sha）

請告訴我 暖氣 的使用方式。

• **暖房 の使い方を教えてください。**

danbou no tsukaikata o oshiete kudasai.

替換單字

1 | 空調 エアコン（eakon）
2 | 冰箱 冷蔵庫（reizouko）
3 | 電視 テレビ（terebi）
4 | 免治馬桶 温水洗浄便座（onsui senjou benza）
5 | 保險箱 金庫（kinko）

請給我 菜單 。

- **メニュー をください。**

menyu- o kudasai.

替換單字

1 | 三明治　サンドイッチ（sandoicchi）
2 | 義大利麵　パスタ（pasuta）
3 | 法國吐司　フレンチトースト（furenchi to-suto）
4 | 啤酒　ビール（bi-ru）
5 | 薑汁汽水　ジンジャエール（jinjya e-ru）

請問 日本料理 在幾樓？

- **日本料理（にほんりょうり） は何階（なんがい）にありますか。**

nihonryouri wa nangai ni arimasuka?

替換單字

1 | 中國料理　中国料理（ちゅうごくりょうり）（chu-goku ryouri）
2 | 義大利餐廳　イタリアンレストラン（itarian resutoran）
3 | 早餐的自助式餐廳　朝食（ちょうしょく）のビュッフェ（choushoku no byuffe）
4 | 酒吧　バー（ba-）
5 | 鐵板燒餐廳　鉄板焼（てっぱんや）き（teppan yaki）

請幫（給）我 辦理退房 。

- **チェックアウト をお願（ねが）いします。**

chekku auto o onegai shimasu.

替換單字

1 | 結帳　会計（かいけい）（kaikei）
2 | 收據　領収書（りょうしゅうしょ）（ryoushu-sho）
3 | 明細　明細書（めいさいしょ）（meisaisho）

可以用 現金 支付嗎？

• 現金(げんきん) で支払(しはら)ってもいいですか。

genkin de shiharattemo ii desuka?

替換單字
1 | 住宿券 招待券(しょうたいけん)（shoutaiken）
2 | 信用卡 カード（ka-do）
3 | 支票 小切手(こぎって)（kogitte）

空調 好像壞掉了。

• エアコン が壊(こわ)れたみたいです。

eakon ga kowareta mitaidesu.

替換單字
1 | 電話 電話(でんわ)（denwa）
2 | 熨斗 アイロン（airon）
3 | 微波爐 電子(でんし)レンジ（denshi renji）
4 | 網路設備 インターネットの設備(せつび)（inta-netto no setsubi）
5 | 馬桶 トイレ（toire）

我把 鑰匙 掉在房間裡了。

• 鍵(かぎ) を部屋(へや)に落(お)としました。

kagi o heya ni otoshimashita.

替換單字
1 | 手機 携帯(けいたい)（keitai）
2 | 錢包 財布(さいふ)（saifu）
3 | 房卡 カードキー（ka-doki-）
4 | 護照 パスポート（pasupo-to）
5 | 錢 お金(かね)（okane）

必學會話｜01 問房價／優惠

Track 029

說 暑假期間房價有比平時貴嗎？

迷你句 **夏休みの間平日よりも高いの？**

natsuyasumi no aida he-jitsu yorimo takaino?

完整句 夏休みの間、料金は平日よりも高いですか。

natsuyasumi no aida , ryo-kin wa hejitsu yorimo takai desuka?

聽 暑假已經沒有空房了。

夏休みの予約はすでに満室になっています。

說 房價包含服務費和稅金嗎？

迷你句 **この部屋、サービス料と税金が含まれているの？**

kono heya, sa-bisuryo- to ze-kin ga fukumare teiruno?

完整句 この部屋の料金はサービス料と税金が含まれていますか。

kono heya no ryo-kin wa sa-bisuryo- to ze-kin ga fukumare teimasuka?

聽 稅金及服務費不包含在房價內。

この部屋の税金とサービス料は料金に含まれていません。

說 最近有入住優惠嗎？

迷你句 **なにか割引はされるの？**

nanika waribiki wa sareruno?

完整句 なにか割引はされますか。

nanika waribiki wa saremasuka?

聽 目前有淡季促銷優惠。

今はシーズンオフの割引が適用できます。

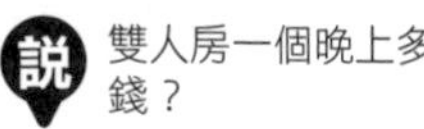

說 雙人房一個晚上多少錢？

迷你句 **ツインルームは一泊いくら？**

tsuinru-mu wa ippaku ikura?

完整句 ツインルームの宿泊料金はいくらですか。

tsuinru-mu noshukuhaku ryo-kin wa ikura desuka?

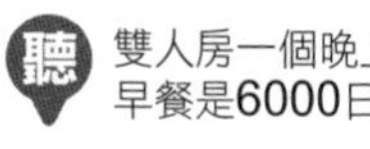

聽 雙人房一個晚上不含早餐是6000日圓。

ツインルームで朝食なしの一泊は六千円になっております。

說 房費裡有包含早餐嗎？

迷你句 **部屋代に朝食は含まれている？**

heyadai ni cho-shoku wa fukumareteiru?

完整句 部屋代に朝食は含まれていますか。

heyadai ni cho-shoku wa fukumareteimasuka?

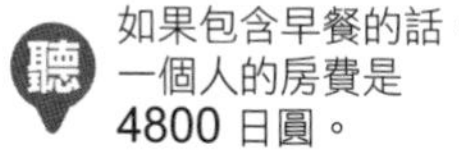

聽 如果包含早餐的話，一個人的房費是4800 日圓。

お部屋の料金に朝食代込みで、お一人様 4800 円でございます。

說 三人總共多少錢？

迷你句 **三人で、いくら？**

sannin de ikura?

完整句 三人で一泊いくらですか。

sannin de ippaku ikura desuka?

聽 三人一個晚上總共兩萬四千日圓。

三人で一泊二万四千円になります。

說 小孩有優惠嗎？

迷你句 **子供割引はある？**

kodomo waribiki wa aru?

完整句 子供割引はありますか。

kodomo waribiki wa arimasuka?

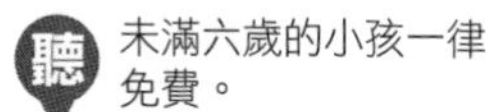

聽 未滿六歲的小孩一律免費。

六歳未満のお子様は無料となっております。

必學單字

01 夏休み＝暑假
natsuyasumi

02 宿泊料金＝住宿費
shukuhakuryo-kin

03 一泊＝一晚
ippaku

04 シーズンオフ＝淡季
shi-zunofu

必學會話｜02 問設備／交通 Track 030

説 使用健身房要付費嗎？

迷你句 **ジム、無料？**
jimu, muryo-?

完整句 ジムは無料で使えますか。
jimu wa muryo-de tsukaemasuka?

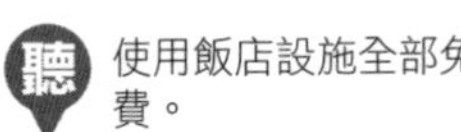

聽 使用飯店設施全部免費。

ホテルの施設は全て無料で使用できます。

説 游泳池是戶外嗎？

迷你句 **屋外プール？**
okugai pu-ru?

完整句 屋外プールですか。
okugai pu-ru desuka?

聽 只有室內游泳池。

屋内プールのみです。

説 飯店附近有公車站嗎？

迷你句 **近くにバス停はあるの？**
chikaku ni basute- wa aruno?

完整句 ホテルの近くにバス停はありますか。
hoteru no chikaku ni basute- wa arimasuka?

聽 飯店對面就有公車站了。

ホテルの向かい側にバス停があります。

説 請問游泳池的開放時間？

迷你句 **プールの開放時間は？**
pu-ru no kaiho-jikan wa?

完整句 プールの開放時間は何時から何時までですか。
pu-ru no kaiho-jikan wa itsukara itsumade desuka?

聽 游泳池從早上九點到晚上十點都可以使用。

プールは朝九時から夜十時まで使用できます。

說 從飯店走到公園要多久？

迷你句 **公園まで歩いてどれくらい？**
ko-en made aruite dorekurai?

完整句 ホテルから公園まで歩いてどれくらいかかりますか。
hoteru kara ko-en made aruite dorekurai kakarimasuka?

聽 用走的大約十分鐘。

歩いて十分くらいです。

說 請問有到機場的接駁車嗎？

迷你句 **空港行きのシャトルバスはあるの？**
ku-ko-yuki no shatorubasu wa aruno?

完整句 空港行きのシャトルバスはありますか。
ku-ko-yuki no shatorubasu wa arimasuka?

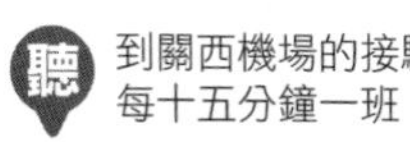

聽 到關西機場的接駁車每十五分鐘一班。

関西空港行きのシャトルバスは15分間隔で通っています。

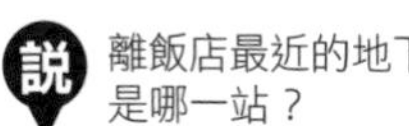

說 離飯店最近的地下鐵是哪一站？

迷你句 **一番近い地下鉄はどこ？**
ichiban chikai chikatetsu wa doko?

完整句 ホテルから一番近い地下鉄はどこの駅ですか。
hoteru kara ichiban chikai chikatetsu wa doko no ekidesuka?

聽 是御堂筋線的難波站。

御堂筋線の難波駅です。

必學單字

01 屋外プール＝室外泳池
okugaipu-ru

02 屋内＝室內
okunai

03 向かい側＝對面
mukaigawa

04 通う＝運行
kayo-

必學會話｜03 入住相關

Track 031

説 房間裡可以看到夜景嗎？

迷你句 **部屋から夜景が見える？**

heya kara yake- ga mieru?

完整句 部屋から市内の夜景が見えますか。

heya kara shinai no yake- ga miemasuka?

聽 房間是 1404 號房，這是您的鑰匙。

お部屋は1404号室で、これが部屋の鍵です。

説 我要辦理住房登記，麻煩你。

迷你句 **チェックインお願い。**

chekkuin onegai.

完整句 チェックインをお願いします。

chekku in wo onegaishimasu.

聽 可以讓我看一下護照嗎？

パスポートを見せていただけますか。

説 我大約晚上十點到，可以保留我的房間嗎？

迷你句 **夜の十時ごろに到着するから、部屋を空けとける？**

yoru no jyu-ji goro ni to-chakusuru kara, heya wo aketokeru?

完整句 夜の十時ごろに到着する予定ですので、部屋を空けといてもらえますか。

yoru no jyu-ji goro ni to-chakusuru yote- desunode,heya wo aketoite moraemasuka?

聽 請問您的名字是？

お名前をお伺いしてもよろしいですか。

説 我需要現在付費嗎？

迷你句 **支払いは今？**

shiharai wa ima?

完整句 支払いは今ですか。

shiharai wa ima desuka?

聽 退房再結帳就可以了。

お支払いはチェックアウトの際にお願いします。

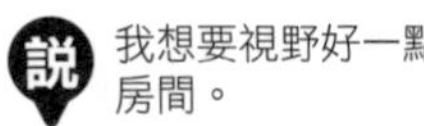

說 我想要視野好一點的房間。

迷你句 **眺めのいい部屋をください。**
nagame no i- heya wo kudasai.

完整句 眺めのいい部屋お願いします。
nagame no i- heya onegaishimasu.

聽 請填寫這張住宿單。

この宿泊カードに御記入ください。

說 我在台灣有預約。

迷你句 **台湾で予約した。**
taiwan de yoyaku shita.

完整句 台湾にネットでホテルを予約しました。
taiwan ni netto de hoteru wo yoyakushimashita.

聽 請讓我看一下訂房證明。

宿泊予約確認書を見せていただけますか。

說 什麼時候可以辦理入住登記？

迷你句 **チェックイン、いつから？**
chekkuin, itsu kara?

完整句 いつからチェックインできますか。
itsu kara chekkuin dekimasuka?

聽 入住時間為下午三至五點。

チェックインの時間は午後三時から五時までなっております。

必學單字

01 見える＝看得見
mieru

02 鍵＝鑰匙
kagi

03 宿泊予約確認書＝訂房預約單
shukuhaku yoyaku kakuninsho

04 眺め＝視野
nagame

說	冰箱裡的食物是免費的嗎？	迷你句 **冷蔵庫に入っている食べ物、無料？** re-zo-ko ni haitteiru tabemono, muryo-? 完整句 冷蔵庫に入っている食べ物は無料ですか。 re-zo-ko ni haitteiru tabemono wa muryo-desuka?
聽	茶包是免費的。	ティーバッグは無料です。
說	可以教我如何使用房間的保險箱嗎？	迷你句 **金庫の使い方、教えて？** kinko no tsukaikata, oshiete? 完整句 金庫の使い方を教えてください。 kinko no tsukaikata wo oshie tekudasai.
聽	金庫中有放入使用方法說明書。	金庫の中に使い方の説明書が入っています。
說	房間內可以無線上網嗎？	迷你句 **WiFi、使える？** wai fai, tsukaeru? 完整句 部屋でWiFiが使えますか。 heya de waifai ga tsukaemasuka?
聽	房間內可以免費無線上網。	部屋の中で無料でWiFiが使用できます。
說	我不知道該怎麼使用房間內的鬧鐘。	迷你句 **目覚まし時計の使い方、わからない。** mezamashidoke- no tsukaikata,wakaranai. 完整句 目覚まし時計の使い方はわかりません。 mezamashidoke- no tsukaikata ga wakarimasen.
聽	我們有提供 morning call 的服務。	モーニングコールのサービスがございます。

有熱水壺嗎？

迷你句 **電気ケトル、ある？**
denkiketoru, aru?

完整句 電気ケトルはありますか。
denkiketoru wa arimasuka?

聽 桌上有可以燒熱水的熱水壺。

机の上にお湯を沸かせる電気ケトルがあります。

說 我找不到插頭。

迷你句 **コンセントが見つからない。**
konsento ga mitsukaranai.

完整句 コンセントが見つかりません。
konsento ga mitsukarimasen.

聽 插頭在桌子的下方。

コンセントは机の下にあります。

說 可以幫我連接上網嗎？

迷你句 **インターネットに接続してくれない？**
inta-netto ni setsuzokushite kurenai?

完整句 インターネットに接続してくれませんか。
inta-netto ni setsuzokushite kuremasenka?

聽 抽屜裡有房內設備的使用說明。

引き出しに部屋の施設についてのパンフレットがございます。

必學單字

01 冷蔵庫＝ 冰箱
re-zo-ko

02 目覚まし時計＝鬧鐘
mezamashidoke-

03 机＝桌子
tsukue

04 引き出し＝抽屜
hikidashi

必學會話｜05 設備出狀況　Track 033

說 這裡是 801 號房，房間冷氣無法運轉。

迷你句 **801 です。エアコンが効かないです。**

hachimaruichi desu. eakon ga kikanai desu.

完整句 801 号室です。エアコンが効かないのですが。

hachimaruichigo- shitsu desu. eakon ga kikanano desuga.

聽 不好意思，我們馬上派人去檢查。

申し訳ございません、すぐに点検いたします。

說 房間的燈壞了。

迷你句 **電気がつかないです。**

denki ga tsukanai desu.

完整句 部屋の電気がつかないのですが。

heya no denki ga tsukanai nodesuga.

聽 請稍後，我們馬上過去確認。

少々お待ちください。今すぐ確認いたします。

說 可以現在來修嗎？

迷你句 **今修理してください。**

ima shu-rishitekudasai.

完整句 今すぐ修理してもらえませんか。

imasugu shu-rishitemoraemasenka?

聽 不好意思，我們現在馬上過去。

申し訳ございません、今すぐ修理にまいります。

說 電視不能看。

迷你句 **テレビ見られない。**

terebi ga mirenai.

完整句 テレビ見られません。

terebi ga miremasen.

聽 請問你試過遙控器了嗎？

机上のリモートを試していただけましたか

說 浴室沒有熱水。

迷你句 **お湯が出ない。**
oyu ga denai.

完整句 お風呂のお湯が出ません。
ofuro no oyu ga demasen.

聽 請問還有什麼需要替您服務的嗎？

ほかにご用はございませんか

說 吹風機壞掉了。

迷你句 **ヘアードライヤー、壊れている。**
hea-doraiya-,kowarete iru.

完整句 ヘアードライヤー、壊れています。
hea-doraiya-,kowareteimasu.

聽 現在馬上幫您送新的吹風機過去。

今すぐ新しいのものをお持ちします。

說 浴袍放在哪裡？

迷你句 **浴衣はどこ？**
yukata wa doko?

完整句 浴衣はどこにありますか。
yukata wa doko ni arimasuka?

聽 浴袍放在衣櫃裡。

クローゼットの中に浴衣はございます。

必學單字

01 効かない＝沒有用
kikanai

02 電気＝電燈
denki

03 お湯＝熱水
oyu

04 お風呂＝浴室
ofuro

必學會話｜06 客房服務

Track 034

説 我想叫客房服務。

迷你句 **ルームサービス、お願い。**
ru-musa-bisu, onegai.

完整句 ルームサービスをお願いします。
ru-musa-bisu wo onegaishimasu.

聽 請稍等，我們現在馬上幫妳送過去。

少々お待ちください。今すぐお持ちします。

説 可以把早餐送到房間嗎？

迷你句 **朝ご飯、部屋まで持ってきてくれない？**
asago han, heya made motte kitekurenai?

完整句 朝食を部屋まで持ってきてくれませんか。
cho-shoku wo heya made motte kitekuremasenka?

聽 八點送餐過去嗎？

八時でよろしいですか。

説 我想要點酒類的飲品。

迷你句 **アルコール飲料、お願い。**
a ruko-ru inryo-, onegai

完整句 アルコール飲料をお願いします。
aruko-ru inryo- wo onegaishimasu.

聽 化妝台上有菜單。

メニューは鏡台の上に置いてあります。

説 你們有提供衣物送洗的服務嗎？

迷你句 **ランドリーサービスある？**
randori-sa-bisu aru?

完整句 ランドリーサービスはありますか。
randori-sa-bisu wa arimasuka?

聽 需要送洗，請撥分機8。

クリーニングなら、内線8番におかけください。

說 我剛剛叫的客房服務還沒來。

迷你句 **まだルームサービス来(き)てないよ。**

mada ru-musa-bisu kitenaiyo.

完整句 先(さき)ほどルームサービスを頼(たの)んだのですが、まだ来(き)ていません。

sakihodo ru-musa-bisu wo tanonda no desuga, mada kite imasen.

聽 請稍等，我現在馬上幫您確認。

少々(しょうしょう)お待(ま)ちください、すぐ確認(かくにん)します。

說 客房服務要多少錢？

迷你句 **ルームサービスはいくら？**

ru-musa-bisu wa ikura?

完整句 ルームサービスはいくらですか。

ru-musa-bisu wa ikura desuka?

聽 依照您所點的內容收費有所不同。

ご注文(ちゅうもん)によって料金(りょうきん)は異(こと)なります。

說 可以盡快幫我處理嗎？

迷你句 **急(いそ)いでください。**

isoide kudasai.

完整句 急(いそ)いで仕上(しあ)げをお願(ねが)いします。

isoide shiage wo onegaishimasu.

聽 今晚就會把這件襯衫送還給你。

このシャツは今晩(こんばん)お届(とど)けします。

必學單字

01 内線(ないせん)＝分機
naisen

02 部屋(へや)＝房間
heya

03 鏡台(きょうだい)＝梳妝台
kyo-dai

04 仕上(しあ)げ＝完成
shiage

必學會話｜07 換房間

Track 035

說 可以換房間嗎？

迷你句 **部屋、替えてくれない？**
heya, kaete kurenai?

完整句 部屋を替えてくれませんか。
heya wo kaete kuremasenka?

聽 我們必須先知道發生了什麼事。

何か不都合がありましたらお教えください。

說 我訂的房間應該是可以看到海的。

迷你句 **欲しい部屋は海が見えるの。**
hoshi- heya wa umi ga mieru no.

完整句 予約した部屋は海が見えるはずです。
yoyakushita heya wa umi ga mieruhazu desu.

聽 很抱歉，這是我們飯店唯一看的到海的房間。

申し訳ございません、この部屋が唯一海が見える部屋となっています。

說 這個房間菸味好重。

迷你句 **この部屋、タバコの臭いがする。**
kono heya tabako no nioi gasuru.

完整句 この部屋にタバコの臭いがします。
kono heyanitabako no nioi gashimasu.

聽 我們幫您安排別的房間。

別の部屋をご用意いたします。

說 隔壁的房間好吵。

迷你句 **隣の部屋、うるさい。**
tonari no heya,urusai.

完整句 隣の部屋がうるさいのです。
tonari no heya ga urusai nodesu.

聽 請先讓我了解一下情況。

状況を聞かせてください。

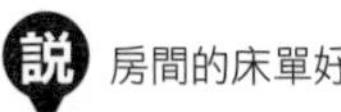

說 房間的床單好髒。

迷你句 **部屋のシーツが汚いです。**
heya no shi-tsu ga kitanai desu.

完整句 部屋のシーツが汚れています。
heya no shi-tsu ga yogore te-masu.

聽 我們幫您安排了隔壁房間。

隣の部屋をご用意しております。

說 我想要換到十樓以上的房間。

迷你句 **十階以上の部屋に変えたい。**
jyukkai ijyo- no heya ni kaetai.

完整句 十階以上の部屋に変えたいのですが…
jyukkai ijyo- no heya ni kaetai nodesuga.

聽 不好意思，今晚高樓層的房間客滿，八樓的房間可以嗎？

申し訳ございませんが、今晩十階以上の部屋はすべて満室となっているので八階でよろしいでしょうか。

說 我想要換房間。

迷你句 **部屋を変えたい。**
heya wo kaetai.

完整句 部屋を変えたいのですが。
heya wo kaetai nodesuga.

聽 可以請您說一下您的理由嗎？

理由を説明していただけませんか。

必學單字

01 変える＝更換
kaeru

02 臭い＝味道
nioi

03 隣＝隔壁
tonari

04 うるさい＝吵雜的
urusai

必學會話｜08 房卡問題

說 我找不到房間鑰匙。

- 迷你句 **キーが見つからない。**
  ki- ga mitsukaranai.
- 完整句 部屋の鍵は見つかりません。
  heya no kagi wa mitsukarimasen.

聽 要不要去餐廳問問看？

レストランに行って、聞いてみませんか。

說 鑰匙好像不見了。

- 迷你句 **鍵をなくした。**
  kagi wo nakushita
- 完整句 鍵をなくしたようです。
  kagi wo nakushita yo- desu

聽 您忘在泳池旁，服務生撿到送至櫃台。

お客様がプールに鍵を置き忘れていらっしゃったようで、係員がフロントに届けたようです。

說 試了好幾次都還是打不開房門。

- 迷你句 **何回試しても開かない。**
  nankai tameshitemo akanai.
- 完整句 何回試しても開きません。
  nankai tameshitemo akimasen.

聽 可以請您説明一下情況嗎？

説明していただけませんか。

說 我不小心折斷房卡了。

- 迷你句 **カードキーが折れてしまった。**
  ka-doki- ga ore teshimatta.
- 完整句 カードキーが折れてしまいました。
  ka-doki- ga ore teshimaimashita.

聽 我現在馬上幫您做一張新的。

今すぐ新しいカードキーを作ります。

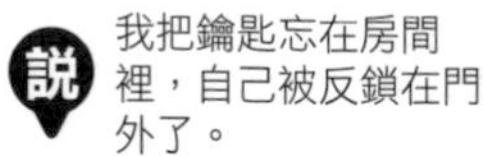

說 我把鑰匙忘在房間裡，自己被反鎖在門外了。

迷你句 鍵を中に置いて扉をしめてしまった。

kagi wo naka ni oite tobira wo shimete shimatta.

完整句 鍵を部屋に置いたまま、ドアを閉めてしまいました。

kagi wo heya ni oitamama, doa wo shimete shimaimashita.

聽 去跟櫃台人員說一下，他們會給你備用鑰匙。

フロントの係員に言って、スペアキーがもらえます。

說 我好像把護照忘在房間了。

迷你句 **パスポートを部屋に置き忘れた。**

pasupo-to wo heya ni okiwasureta.

完整句 パスポートを部屋に置き忘れたようです。

pasupo-to wo heya ni okiwasureta yo- desu.

聽 我幫你問問客房打掃的人。

ハウスキーパーに聞いてみます。

說 錢包不知道掉在哪裡了。

迷你句 **財布をどこかに落とした。**

saifu wo dokoka ni otoshita.

完整句 財布をどこかに落としました。

saifu wo doko kani otoshimashita.

聽 還有人在房間嗎？

どなたか部屋にいらっしゃいますか。

必學單字

01 係員＝工作人員

kakariin

02 折れる＝折

oreru

03 置き忘れる＝遺放在～

okiwasureru

04 落とす＝落下；掉落

otosu

必學會話｜09 退房結帳

Track 037

說 您好，我要退房。

迷你句 **チェックアウト。**
chekkuauto.

完整句 こんにちは、チェックアウトお願いします。
konnichiwa, chekkuauto onegaishimasu.

聽 退房請到一樓的櫃檯辦理。

チェックアウトは一階のカウンターでお願いします。

說 可以暫時幫我保管行李嗎？

迷你句 **荷物を預かっていい？**
nimotsu azuke teii?

完整句 荷物を預けってもいいですか。
nimotsu wo azukettemo i-desuka?

聽 我明白了，行李可以寄放在櫃檯後方。

かしこまりました、お荷物はフロントの後ろにお預けていたします。

說 我想先退房再去吃早餐。

迷你句 **チェックアウトの後、朝食食べようと思っている。**
chekkuauto no ato, cho-shoku tabeyo- to omotteiru.

完整句 チェックアウトしてから、朝食を取ろうと考えています。
chekkuautoshi tekara,cho-shoku wo toro-to kangae tei masu.

聽 記得檢查東西是不是都帶了。

忘れ物がないか、確認してください。

說 可以來房間幫我拿行李嗎？

迷你句 **荷物を取りに来て。**
nimotsu wo torinikite.

完整句 荷物を取りに来てください。
nimotsu wo tori ni ki tekudasai.

聽 請問是幾號房？

部屋番号は何番ですか。

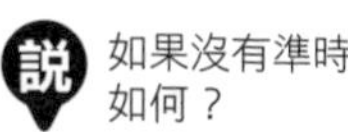

說 如果沒有準時退房會如何？

迷你句 **時間通りにチェックアウトしなかったら、どうなるの？**

jikando-ri ni chekkuautoshinakattara do-naruno?

完整句 時間通りにチェックアウトしなかったら、どうなりますか。

jikando-ri ni chekkuauto shinakattara, do-narimasuka?

聽 過了中午十二點就多算一天的錢。

十二時をすぎてしまったら、一日分の料金が加算されます。

說 十二點前要退房嗎？

迷你句 **十二時、チェックアウト？**

jyu-niji, chekkuauto?

完整句 十二時までにチェックアウトですか。

jyu-niji made ni chekkuauto desuka?

聽 退房時請將房間鑰匙交給櫃檯人員。

チェックアウトする時、フロントにキーをお戻し下さい。

說 客房服務的費用我已經在當場付費了。

迷你句 **ルームサービスの代金はその場で払った。**

ru-musa-bisu no daikin wa sonoba de haratta.

完整句 ルームサービスの代金はその場で払いました。

ru-musa-bisu no daikin wa sonoba de haraimashita.

聽 我明白了，你的房費是三萬五千日圓。

かしこまりました、お部屋代は三万五千円になります。

必學單字

01 預ける＝寄放
azukeru

02 忘れ物＝忘記帶東西
wasuremono

03 代金＝費用
daikin

04 その場＝當場
sonoba

說　威士忌不加冰。

迷你句 **ウイスキー、ストレートで。**
uisuki-, sutore-to de.

完整句 ストレートウイスキーを一杯お願いします。
sutore-to uisuki- wo ippai onegaishimasu.

聽　晚安，今晚要喝點什麼？

こんばんは、今日は何を飲みますか。

說　早餐是在這邊用嗎？

迷你句 **朝食はここで？**
cho-shoku wa koko de?

完整句 朝食はこのレストランで食べますか。
cho-shoku wa kono resutoran de tabemasusuka?

聽　是的，請準備好您的早餐券。

はい、朝食の食事券をご持参ください。

說　幫我溫一壺清酒。

迷你句 **熱燗一本お願い。**
atsukan ippon onegai.

完整句 熱燗を一本お願いします。
atsukan wo ippon onegaishimasu.

聽　請稍等，現在就幫你溫酒。

今すぐ用意いたします。

說　有下酒菜嗎？

迷你句 **おつまみ、ある？**
otsumami, aru?

完整句 おつまみはありませんか。
otsumami wa arimasenka?

聽　下酒菜在菜單的最後一頁。

おつまみはメニューの最後にあります。

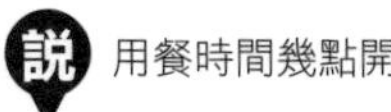

説 用餐時間幾點開始？

迷你句 **食事(しょくじ)はいつから？**
shokuji wa itsu kara?

完整句 食事(しょくじ)は何時(いつ)からですか。
shokuji wa itsu kara desuka?

聽 午餐時段十一點半開始。

昼食(ちゅうしょく)は十一時半(じゅういちじはん)からです。

説 餐廳下午也有供餐嗎？

迷你句 **午後(ごご)も食事(しょくじ)はできる？**
gogo mo shokuji wa dekiru?

完整句 午後(ごご)も食事(しょくじ)はできますか。
gogo mo shokuji wa dekimasuka?

聽 下午兩點到五點只提供下午茶的服務。

午後二時(ごごにじ)から五時(ごじ)までは、軽食(けいしょく)のみです。

説 我想先看一下菜單。

迷你句 **メニューを見(み)せて。**
me nyu- wo misete.

完整句 メニューを見(み)せてください。
me nyu- wo misetekudasai.

聽 我來幫您介紹一下菜單。

メニューを紹介(しょうかい)いたします。

必學單字

01 食事券(しょくじけん)＝餐券
shokujiken

02 メニュー＝菜單
menyu-

03 おつまみ＝下酒菜
otsumami

04 軽食(けいしょく)＝下午茶；輕食
ke-shoku

必學會話｜11 我要客訴 Track 039

說 房間也太熱了。

迷你句 **暑すぎる。**
atsusugiru.

完整句 部屋は暑すぎます。
heya wa atsusugimasu.

聽 這次住的還習慣嗎？ 今回のお泊りはいかがでしょうか。

說 房間沒有打掃。

迷你句 **部屋が掃除してない。**
heya ga so-jishitenai.

完整句 部屋が掃除してありません。
heya ga so-jishite arimasen.

聽 不好意思，我們會重新教育員工。 申し訳ございません、係員に再教育します。

說 叫負責人來。

迷你句 **責任者を呼んで。**
sekinisha wo yonde.

完整句 責任者を呼んでください。
sekininsha wo yondekudasai.

聽 真的很抱歉，我是負責人吉川。 申し訳ございません。私は責任者の吉川と申します。

說 在房間的相機被偷了。

迷你句 **部屋に置いていたカメラが盗まれた。**
heya ni oite ita kamera ga nusumareta.

完整句 部屋に置いていたカメラが盗まれました。
heya ni oite ita kamera ga nusumaremashita.

聽 請問是什麼時候發現相機被偷的？ カメラが盗まれたことに気づいたのはいつですか。

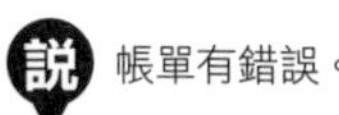

説 帳單有錯誤。

迷你句 **明細書が間違ってる。**
me-saisho ga machi gatteru.

完整句 明細書が間違っているようです。
me-saisho ga matchi gatteiruyo- desu.

聽 很抱歉，現在馬上幫您確認。

申し訳ございません、今すぐ確認いたします。

説 房間外很吵。

迷你句 **部屋の外がうるさい。**
heya no soto ga urusai.

完整句 部屋の外がうるさくて困ります。
heya no soto ga urusakute komarimasu.

聽 不好意思，造成您的不便。

迷惑をかけて申し訳ございません。

説 走廊有奇怪的人。

迷你句 **廊下に不審な人がいる。**
ro-ka ni fushin na hito ga iru.

完整句 廊下に不審な人がいます。
ro-ka ni fushin na hito ga imasu.

聽 我了解了，我馬上請人去查看。

かしこまりました、今、係員に調べさせます。

必學單字

01 お泊り＝住宿
otomari

02 責任者＝負責人
sekininsha

03 廊下＝走廊
ro-ka

04 不審＝可疑的；奇怪的
fushin

05 盡興吃喝

常用句型＋實用替換字

這附近有沒有 日本料理 ？

- この近(ちか)くに 日本料理(にほんりょうり) がありますか。

kono chikakuni nihon ryouri ga arimasuka?

替換單字

1 | 定食店 定食屋(ていしょくや)（teishokuya）

2 | 速食店 ファーストフード（fa-suto fu-do）

3 | 便當店 弁当屋(べんとうや)さん（bentouyasan）

4 | 台灣菜 台湾料理(たいわんりょうり)（taiwanryouri）

5 | 居酒屋 居酒屋(いざかや)（izakaya）

哪裡有好吃的 懷石料理 ？

- どこかおいしい 懐石料理(かいせきりょうり) はありますか。

dokoka oishii kaiseki ryouri wa arimasuka?

替換單字

1 | 牛排 ステーキ（sute-ki）

2 | 素食料理 精進料理(しょうじんりょうり)（shoujin ryouri）

3 | 涮涮鍋 しゃぶしゃぶ（shabu shabu）

4 | 海鮮料理 海鮮料理(かいせんりょうり)（kaisen ryouri）

5 | 壽喜燒 すき焼(や)き（sukiyaki）

我想預約 吧檯 的座位。

- カウンター 席(せき)を予約(よやく)したいです。

kaunta- seki o yoyaku shitai desu.

替換單字

1 | 一般 テーブル（te-buru）

2 | 看得到夜景 夜景(やけい)が見(み)える（yakei ga mieru）

3 | 包廂 個室(こしつ)の（koshitsuno）

請問有 禁菸 的座位嗎？

- **禁煙（きんえん） 席（せき）はありますか。**

kinnenn seki wa arimasuka?

替換單字	
1 I 吸菸	喫煙（きつえん）（kitsuen）
2 I 坐式（榻榻米）	座敷（ざしき）の（zashikino）
3 I 戶外	屋外（おくがい）（okugai）

可以 內用 嗎？

- **中（なか）で食（た）べること がでぎますか。**

naka de taberu koto ga dekimasuka?

替換單字	
1 I 預約	予約（よやく）（yoyaku）
2 I 外帶	持（も）ち帰（かえ）り（mochi kaeri）
3 I 外送	出前（でまえ）をとること（demae o toru koto）

有 中文 的菜單嗎？

- **中国語（ちゅうごくご） のメニューはありますか。**

chu-gokugo no menyu- wa arimasuka?

替換單字	
1 I 日文	日本語（にほんご）（nihongo）
2 I 英文	英語（えいご）（eigo）
3 I 酒精類飲料	アルコール（aruko-ru）

有什麼 推薦的 餐點嗎？

- おすすめの 料理（りょうり）がありますか。

osusumeno ryouri ga arimasuka?

替換單字
1 | 好吃的 おいしい（oishii）
2 | 便宜的 安（やす）い（yasui）
3 | 特別的 特別（とくべつ）な（tokubetsuna）
4 | 辣的 辛（から）い（karai）
5 | 適合配酒的 お酒（さけ）にあう（osake ni au）

請幫我 去冰 。

- 氷抜（こおりぬ）き にしてください。

koori nuki ni shite kudasai.

替換單字
1 | 去掉香菜 パクチー抜（ぬ）き（pakuchi-nuki）
2 | 減少辣味 辛（から）さをマイルド（karasa o mairudo）
3 | 去掉紅豆 小豆抜（あずきぬ）き（azuki nuki）

可以幫（給）我 整理桌面 嗎？

- テーブルを片付（かたづ）けて いただけませんか。

te-buru o katazukete itadakemasenka?

替換單字
1 | 收盤子 お皿（さら）をさげて（osara o sagete）
2 | 上甜點 デザートを出（だ）して（deza-to o dashite）
3 | 再一碗 おかわりして（okawarishite）

請幫（給）我 結帳 。

- 会計（かいけい） をお願い（ねが）します。

kaikei o onegai shimasu.

替換單字		
1	結帳	勘定（かんじょう）（kanjyou）
2	打包	食べ残しの持ち帰り（た・のこ・も・かえ）（tabenokoshi no mochikaeri）
3	收據	領収書（りょうしゅうしょ）（ryousyu-sho）
4	發票	レシート（reshi-to）

這道菜 不好吃 。

- この料理（りょうり）は おいしくないです 。

kono ryouri wa oishiku nai desu.

替換單字		
1	難吃	まずいです（mazui desu）
2	太辣	辛（から）すぎます（kara sugimasu）
3	太鹹	しょっぱすぎます（shoppa sugimasu）
4	太酸	すっぱすぎます（suppa sugimasu）
5	太甜	甘（あま）すぎます（ama sugimasu）

這裡的 服務態度 很糟糕。

- ここの 接客態度（せっきゃくたいど） が悪（わる）いです。

kokono sekkyaku taido ga warui desu.

替換單字		
1	環境	環境（かんきょう）（kankyou）
2	食物	食べ物（た・もの）（tabemono）
3	整潔	清潔（せいけつ）（seiketsu）

必學會話｜01 尋找美食

Track 041

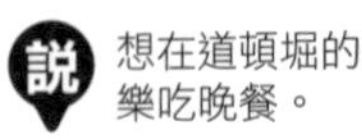

說 想在道頓堀的螃蟹道樂吃晚餐。

迷你句 **道頓堀のかに道楽で晩御飯を食べたい。**

do-tonbori no kanido-raku de bangohan wo tabetai.

完整句 道頓堀のかに道楽で晩御飯を食べに行きたい。

do-tonbori no kanido-raku de bangohan wo tabe ni ikitai.

聽 大阪的章魚燒非常好吃，一定會讓你口水直流。

大阪のたこ焼きがおいしくて、きっと涎が出ます。

說 這附近有好吃的拉麵店嗎？

迷你句 **この近く、おいしいラーメン屋がある？**

kono chikaku oishi- ra-menya ga aru?

完整句 この近くにおいしいラーメン屋がありますか。

kono chikaku ni oishi- ra-menya ga arimasuka?

聽 往前直走左邊有一家名為「一蘭」的拉麵店非常好吃喔。

真直ぐ行くと左側に一蘭というラーメン屋さんがすごくおいしいと思います。

說 到了廣島，就一定要吃廣島燒。

迷你句 **広島で、必ず広島焼き食べて。**

hiroshimade,kanarazu hiroshimayaki tabete.

完整句 広島に来たら、ぜひ広島焼きを食べてみてください。

hiroshima ni kitara,zehi hiroshimayaki wo tabete mi te kudasai.

聽 和大阪的大阪燒是不一樣的喔！

大阪のお好み焼きとは違いますよ。

說 沖繩的苦瓜料理真的好吃嗎？

迷你句 **沖縄のゴーヤ、おいしい？**
okinawa no go-ya, oishi-?

完整句 沖縄のゴーヤ料理は本当においしいですか。
okinawa no go-yaryo-ri wa honto-ni oishi-desuka.

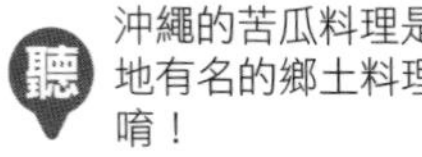
聽 沖繩的苦瓜料理是當地有名的鄉土料理唷！

沖縄のゴーヤ料理はその土地の郷土料理ですよ。

說 在京都好像有賣抹茶的名店。

迷你句 **京都に抹茶の名店があるね。**
kyo-to ni maccha no me-ten ga aru ne.

完整句 京都には抹茶の名店がありますよね？
kyo-to ni wa maccha no me-ten ga arimasuyone?

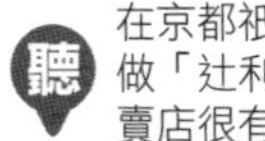
聽 在京都祇園有一家叫做「辻利」的抹茶專賣店很有名。

京都の祇園に"辻利"という抹茶専門店が有名です。

說 我想去旅遊書上沒介紹的好吃的店。

迷你句 **ガイドブックに載ってないおいしい店に行きたい。**
gaidobukku ni notte-naioishi- mise ni ikitai.

完整句 ガイドブックに掲載されていないおいしいお店に行きたい。
gaidobukku ni ke-saisareteinai oishi-omise ni ikitai.

聽 那就介紹給你只有當地人才知道的炸豬排店吧！

地元の人しか知らないとんかつの店を紹介しましょう。

必學單字

01 たこ焼き＝章魚燒
takoyaki

02 ゴーヤ＝苦瓜
go-ya

03 ガイドブック＝旅遊書
gaidobukku

04 チラシ＝傳單
chirashi

說 我想要訂四個人的座位。

迷你句 **四人の席、予約したい。**
yonin no seki yoyaku shitai.

完整句 四人分の席を予約したいです。
yoninbun no seki wo yoyaku shitaidesu.

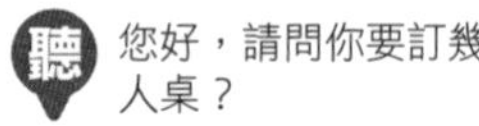

聽 您好，請問你要訂幾人桌？

こんにちは。何名様分のご予約でしょうか。

說 明天晚上七點還有空位嗎？

迷你句 **明日の夜七時、空き席がある？**
asita no yorushichiji akiseki ga aru?

完整句 明日のごうごう七時に空席がありますか。
ashita no gogo shichiji ni ku-seki wa arimasuka?

聽 好的，請問貴姓？

はい、お名前は何でしょうか。

說 可以讓我們一起坐嗎？

迷你句 **一緒に座っていい？**
isshoni suwatteii?

完整句 一緒に座りたいのですが、よろしいでしょうか。
isshoni suwaritai nodesuga, yoroshi-desho-ka?

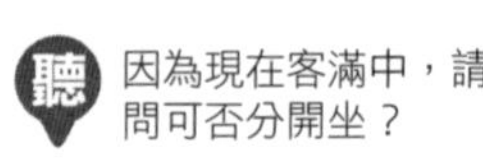

聽 因為現在客滿中，請問可否分開坐？

申し訳ございませんが、今は席がいっぱいなので、分かれて座っていただけませんか。

說 我想要坐禁菸區。

迷你句 **禁煙席、ほしい。**
kinenseki hoshi-.

完整句 禁煙席に座りたいです。
kinenseki ni suwari taidesu.

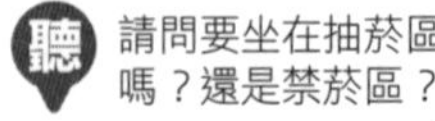

聽 請問要坐在抽菸區嗎？還是禁菸區？

喫煙席ですか、それとも禁煙席ですか。

說 之後還有三個人會來，我們可以先入座嗎？

迷你句 **後(あと)で3人(にん)が来(く)るので先(さき)に入(はい)っていてもいい？**

atode sannin ga kuru node saki ni haitteitemoi-?

完整句 後(あと)でまた三人(さんにん)が来(く)るので、先(さき)に席(せき)に着(つ)いていてもよろしいでしょうか。

atode mata sannin ga kurunode, saki ni seki ni tsuite itemo yoroshi-desyo-ka

聽 好的，這邊請。

はい、どうぞこちらへ。

說 總共三個人。

迷你句 **三人(さんにん)。**

sannin.

完整句 私(わたし)たちは全部(ぜんぶ)三人(さんにん)です。

watashitachi wa zenbu sannin desu.

聽 請問有幾位呢？

何名(なんめい)さまですか。

說 要等多少時間？

迷你句 **待(ま)ち時間(じかん)はどのぐらい？**

machijikan wa donogurai?

完整句 待(ま)ち時間(じかん)は何分程(なんぷんほど)ですか。

machijikan wa nannbun hodo desuka?

聽 很抱歉，大概還要再等 20 分鐘。

申(もう)し訳(わけ)ございませんが、今(いま)の待(ま)ち時間(じかん)は 20 分(ぷん)ぐらいとなっております。

必學單字

01 席(せき)＝座位

seki

02 空(あ)き席(せき)＝空位

akiseki

03 喫煙席(きつえんせき)＝吸菸區

kitsuenseki

04 待(ま)ち時間(じかん)＝等待時間

machijikan

說 我要外帶。

迷你句 **持ち帰りです。**
mochikaeri desu.

完整句 持ち帰りでお願いします。
mochikaeri de onegai simasu.

聽 請問您要在這邊內用還是要外帶呢？

お客様は店内でのお召し上がりですか。それともお持ち帰りですか。

說 大約25分鐘。

迷你句 **25分です。**
nijyu-go fun desu.

完整句 25分ぐらいかかります。
nijyu-go fun gurai kakarimasu.

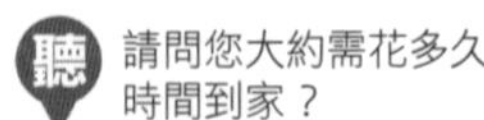
聽 請問您大約需花多久時間到家？

お持ち帰りの時間はどのぐらいですか。

說 可以隨便坐嗎？

迷你句 **好きな席を選んでいい？**
suki na seki wo eran deii?

完整句 勝手に好きな席に座ってもいいのでしょうか。
katteni suki na seki ni suwattemo i-nodesho- ka.

聽 請自由入座。

どうぞ好きな席にお座りください。

說 一人份也可以外送嗎？

迷你句 **出前は一人前でする？**
demae wa ichininmae de suru?

完整句 一人前ですが出前を取ることができますか。
ichininmae desuga demae wo torukoto ga dekimasuka?

聽 可以外送，請問您的名字和地址是？

はい、お名前とご住所をお願いします。

這個位置有點暗，有其他的位置嗎？

迷你句 **暗(くら)いから、ほかの席(せき)ある？**
kurai kara,hoka no seki aru?

完整句 この席(せき)が暗(くら)いので、ほかの席(せき)はありませんか。
kono seki ga kurai node ,hoka no seki wa arimasenka?

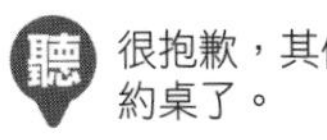
很抱歉，其他都是預約桌了。

申(もう)し訳(わけ)ございません。ほかの席(せき)は予約(よやく)席(せき)となっております。

我想坐窗邊的位子。

迷你句 **窓(まど)のそばの席(せき)がいい。**
mado no soba no seki ga i-?

完整句 窓(まど)のそばにある席(せき)に座(すわ)りたいです。
mado no soba ni aru seki ni suwaritai desu.

不好意思，現在只剩下吧台的位子。

申(もう)し訳(わけ)ございません。今(いま)はカウンター席(せき)しかありません。

內用。

迷你句 **ここです。**
koko desu.

完整句 ここで食(た)べます。
kokode tabemasu.

請問是內用還是外帶？

こちらで召(め)し上(あ)がりますか、それともお持(も)ち帰(かえ)りですか。

必學單字

01 持(も)ち帰(かえ)り＝外帶
mochikaeri

02 カウンター＝吧檯
kaunta-

03 出前(でまえ)＝外送
demae

04 窓(まど)＝窗戶
mado

說 我想先看菜單，等等再點菜。

迷你句 **メニュー見てから注文。**

menyu- mite kara chu-mon.

完整句 まずメニューを見て、あとで注文します。

mazu menyu- wo mite,ato de chu-monshimasu.

聽 現在可以點餐了嗎？

注文をしてもよろしいでしょうか。

說 之後再點。

迷你句 **後にする。**

ato ni suru.

完整句 ちょっと考えさせてください。

chotto kangaesasete kudasai.

聽 請問您決定好了嗎？

お決まりなりましたか。

說 有沒有推薦？

迷你句 **お薦めはある？**

osusume wa aru?

完整句 お薦めの料理は何ですか。

osusume no ryo-ri wa nan desuka?

聽 我們店的牛排很受歡迎。

この店の一番のお薦めはステーキです。

說 餐點有附飲料、湯和甜點嗎？

迷你句 **食事に、飲み物とスープとデザートも一緒？**

shokuji ni,nomimono to su-pu to deza-to mo issho?

完整句 食事には、飲み物やスープやデザートなどが付いていますか。

shokuji ni wa,nomimono ya su-pu ya deza- to nado ga tsuite imasuka.

聽 餐飲有附湯及飲料。

食事にはスープと飲み物が付いています。

說 今天的特餐是什麼？

迷你句 **今日の日替わり、何ですか。**
kyo- no higawari,nan desuka?

完整句 今日の日替わりは何でしょうか。
kyo- no higawari wa nan desho- ka.

聽 今天的特餐是炒烏龍麵。

今日の日替わりは焼きうどんです。

說 我想要改變點單。

迷你句 **注文を変えたいです。**
chu-mon wo kaetai desu.

完整句 注文を変えてもいいですか。
chu-mon wo kaetemo i-desuka.

聽 好的，我了解了，請問您要點什麼？

はい、分かりました。御注文をお願いします。

說 幾歲的小孩可以點兒童餐？

迷你句 **何歳の子供がお子様メニュー食べれるの？**
nansai no kodomo ga okosama menyu-tabereru no?

完整句 何歳までお子様メニューを注文できますか。
nansai made okosamamenyu- wo chu-mon dekimasuka?

聽 十二歲以下的孩童才可以點兒童餐。

十二歳以下の子供しかお子様メニューが注文できません。

必學單字

01 注文＝點餐
chu-mon

02 ステーキ＝牛排
sute-ki

03 日替わり＝每日特餐
higawari

04 お子様メニュー＝兒童餐
okosamamenyu-

必學會話｜05 點餐需求

這會辣？

迷你句 **これ、辛いの？**
kore,karai no?

完整句 この料理は辛いのでしょうか。
kono ryo-ri wa karai no desho- ka.

這個料理加了一點芥末，所以會有點刺激。

この料理にわさびが入っているので、ちょっと刺激になります。

五分熟。

迷你句 **中くらいです。**
chu- kuraidesu.

完整句 中くらいにしてください。
chu- kurai ni shi tekudasai.

聽

請問妳的牛排要幾分熟？

ステーキの焼き加減はどういたしますか。

說

沙拉我想要千島醬。

迷你句 **サラダにサウザンドソース。**
sarada ni sauzandoso- su.

完整句 私のサラダにサウザンドソースを入れてください。
watashi no sarada ni sauzandoso- su wo irete kudasai.

聽

我們的沙拉醬有凱薩醬、千島醬和塔塔醬。

うちのサラダにはシーザードレッシングとサウザンドドレッシングとタルタルソースに分かれます。

說

可以少鹽嗎？

迷你句 **塩分を少なめに。**
enbun wo sukuname ni.

完整句 塩分を少なくしてください。
enbun wo sukunaku shi tekudasai.

聽

我明白了。

かしこまりました。

 我想把沙拉換成湯。

迷你句 **サラダをスープにします。**
sarada wo su-pu ni shimasu.

完整句 サラダの替わりにスープを付けてください。
sarada no kawari ni su-pu wo tsukete kudasai.

聽 請問妳的湯是要南瓜濃湯還是牡蠣濃湯？

スープはカボチャのスープですか、それとものカキポタージュですか。

說 小份的就夠了。

迷你句 **小盛りで結構です。**
komori de kekko- desu.

完整句 小盛りでお願いします。
komori de onegaishimasu.

聽 請問妳的炸雞塊要大份的還是小份的？

から揚げは大盛りですか。それとも小盛りですか。

說 可以再給我一盤青菜嗎？

迷你句 **もう一つ野菜ください。**
mo- hitotsu yasai kudasai.

完整句 もう一皿の野菜を追加します。
mo- hito sara no yasai wo tsuika shimasu.

聽 是否還有叫追加其他的東西呢？

ほかに追加したいものがありますか。

必學單字

01 辛い＝辣的
karai

02 スープ＝湯
su-pu

03 小盛り＝小份
komori

04 結構＝剛好
kekko-

必學會話｜06 加點飲料

Track 046

說 我要一杯黑咖啡。

迷你句 **ブラックコーヒーを一つ。**
burakku ko-hi- wo hitotsu.

完整句 ブラックコーヒーを一つください。
burakku ko-hi- wo hitotsu kudasai.

聽 附餐有附飲料，請問要咖啡還是紅茶？

お飲み物が付いていますが、コーヒーと紅茶どちらがよろしいですか。

說 喝的我想要啤酒。

迷你句 **ビール一つ。**
bi-ru hitotsu.

完整句 飲み物はビールにします。
nomimono wa bi-ru ni shimasu.

聽 請問是要朝日啤酒還是札幌啤酒。

朝日ビールですか。それとも札幌ビールですか。

說 給我兩瓶啤酒。

迷你句 **ビールを2本ください。**
bi-ru o nihon kudasai.

完整句 瓶ビール２本お願いします。
bin bi-ru nihon onegaishimasu.

聽 請問飯前要喝點什麼嗎？

食前の飲み物は何にしましょうか。

說 再給我一杯。

迷你句 **もう一杯ください。**
mo- ippai kudasai.

完整句 もう一杯おかわりをください。
mo- ippai okawari wo kudasai.

聽 好的，再一杯生啤酒嗎？

はい、生ビールですか。

說 有季節限定的商品嗎？

迷你句 **季節(きせつげんてい)限定はある？**

kisetsugente- wa aru?

完整句 季節限定(きせつげんてい)の商品(しょうひん)はありますか。

kisetsugente- no sho-hin wa arimasuka?

聽 要不要試喝看看春天限定的櫻花拿鐵？

春限定(はるげんてい)の桜(さくら)ラテを試(ため)してみませんか。

說 我要奶茶。

迷你句 **ミルクティーで。**

mirukuti- de.

完整句 ミルクティーでお願(ねが)いします。

mirukuti- de onegaishimasu.

聽 您的紅茶直接喝，還是要牛奶或檸檬片？

紅茶(こうちゃ)はストレートですか、それともミルクやレモンですか。

說 請給我一瓶清酒。

迷你句 **清酒(せいしゅ)を一本(いっぽん)。**

se-shu wo ippon.

完整句 清酒(せいしゅ)を一本(いっぽん)ください。

se-shu wo ippon kudasai.

聽 是否把酒溫熱？

お酒(さけ)は温(あたた)めますか。

必學單字

01 飲(の)み物(もの)＝飲料
nomimono

02 コーヒー＝咖啡
ko-hi-

03 ビール＝啤酒
bi-ru

04 ミルク＝牛奶
miruku

必學會話｜07 品嚐甜點

Track 047

說 有沒那麼甜的甜點嗎？

迷你句 **甘(あま)さ控(ひか)えめなデザートはある？**
amasa hikaeme na deza-to wa aru?

完整句 甘(あま)さ控(ひか)えめなデザートはありますか。
amasahikaeme na deza-to wa arimasuka?

聽 這個水果塔保有了水果原本的甜味和香氣。

このフルーツタルトはフルーツ本来(ほんらい)の味(あじ)と香(かお)りでいきています。

說 有年輪蛋糕嗎？

迷你句 **年輪(ねんりん)ケーキ、ある？**
nen rin ke- ki,a ru?

完整句 年輪(ねんりん)ケーキを売(う)っていますか。
nen rin ke- ki wo utte imasuka.

聽 是的，有三種口味。

はい、三種類(さんしゅるい)の味(あじ)があります。

說 鯛魚燒有哪些口味？

迷你句 **たい焼(や)きには何味(なにあじ)がある？**
taiyaki ni wa naniaji ga aru?

完整句 たい焼(や)きの味(あじ)は何種類(なんしゅるい)ありますか。
taiyaki no aji wa nanshurui arimasuka?

聽 有紅豆餡和奶油餡。

あずきとカスタードがあります。

說 焦糖布丁只有原味的嗎？

迷你句 **キャラメルプリンはオリジナルだけ？**
kyarameru purin wa orijinaru dake?

完整句 キャラメルプリンはオリジナルの味(あじ)しかありませんか。
kyarameru purin wa orijinaru no aji shika arimasenka?

聽 要點什麼餐後甜點呢？

デザートは何(なに)にしましょうか。

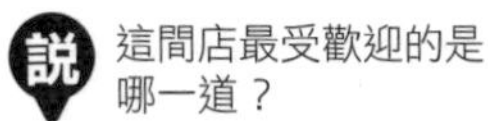

說 這間店最受歡迎的是哪一道？

迷你句 **一番人気があるのはどれ？**
ichiban ninki ga aru no wa dore?

完整句 お店で一番の人気商品は何ですか。
omise de ichiban no ninkisho-hin wa nan desuka?

聽 本店招牌是抹茶聖代。

うちの看板メニューは抹茶パフェでございます。

說 有新品蛋糕嗎？

迷你句 **新作がある？**
shinsaku ga aru?

完整句 新作のケーキがありますか。
shinsaku no ke-ki ga arimasuka?

聽 這是我們最新的蒙布朗栗子蛋糕。

これは最新のモンブランでございます。

說 我想要香草冰淇淋。

迷你句 **バニラで。**
banira de.

完整句 バニラのほうでお願いします。
banira no ho-de onegaishimasu.

聽 附在蛋糕旁的冰淇淋要香草口味的，還是草莓口味的？

ケーキに付けるアイスはバニラアイスですか、ストロベリーアイスですか。

必學單字

01 甘さ＝甜度
amasa

02 たい焼き＝鯛魚燒
taiyaki

03 人気＝受歡迎
ninki

04 アイスクリーム＝冰淇淋
aisukuri-mu

說 可以幫我收一下盤子嗎？

迷你句 **これを下(さ)げてください。**

kore wo sagete kudasai.

完整句 テーブルの上(うえ)を片付(かたづ)けてください。

te-buru no ue wo katadukete kudasai.

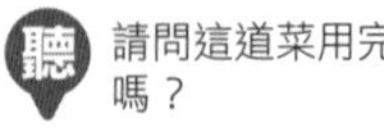

聽 請問這道菜用完了嗎？

空(あ)いてるお皿(さら)を下(さ)げてもよろしいでしょうか。

說 請加水。

迷你句 **水(みず)をください。**

mizu wo kudasai.

完整句 水(みず)を加(くわ)えていただけませんか。

mizu wo kuwaete itadakemasenka.

聽 好的，請問是否要加點其他餐點？

はい、他(ほか)に何(なに)か注文(ちゅうもん)されますか。

說 有湯匙嗎？

迷你句 **スプーンはある?**

supu-n wa aru?

完整句 スプーンはありますか。

supu-n wa arimasuka?

聽 好的，馬上幫您拿來。

はい、すぐ持(も)ってきます。

說 筷子掉到地上了，請再給我一副。

迷你句 **お箸(はし)が落(お)ちた。もう一(ひと)つください。**

ohashi ga ochita.mo- hitotsu kudasai.

完整句 お箸(はし)を落(お)としたので、新(あたら)しいのをください。

ohashi wo otoshita node,atarashi- no wo kudasai.

聽 好的。我馬上拿一雙新的筷子給您。

かしこまりました。ただいま新(あたら)しいお箸(はし)をお持(も)ちいたします。

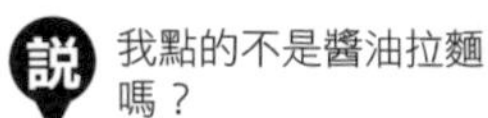

說 我點的不是醬油拉麵嗎？

迷你句 **注文したのは醤油ラーメンじゃない?**

chu-mon shitano wa sho-yura-men janai?

完整句 私が注文したのは醤油ラーメンではありませんか。

watashi ga chu-monshita no wa sho-yura-men dewa arimasenka?

聽 不好意思，我馬上幫你確認。

申し訳ございません。ただいま確認いたします。

說 我想要加點。

迷你句 **注文を追加したい。**

chu-mon wo tsuika shitai.

完整句 追加の注文をお願いします。

tsuika no chu-mon wo onegaishimasu.

聽 好的，請問您要點什麼？

はい、ご注文は何ですか。

說 還有兩道菜沒有來。

迷你句 **もう二つの料理、ない。**

mo- futatsu no ryo-ri,nai.

完整句 あと二つの料理が来ていません。

ato futatsu no ryo-ri ga kite imasen.

聽 還有兩份餐點已經在做了，請稍候。

残り二つの料理はもう作っていますので、少々お待ちください。

必學單字

01 スプーン＝湯匙

supu-n

02 お箸＝筷子

ohashi

03 追加＝加點

tsuika

04 残り＝剩下

nokori

必學會話｜09 結帳／打包

Track 049

説 我可以把沒吃完的打包嗎？

迷你句 **残(のこ)りを持(も)ち帰(かえ)りでもいい？**
nokori wo mochikaeri demo i-?

完整句 残(のこ)りをお持(も)ち帰(かえ)りにできますか。
nokori wo omochikaeri ni dekimasuka?

聽 我把打包好的食物放在這邊。

持(も)ち帰(かえ)りをここに置(お)きます。

説 用現金付帳。

迷你句 **現金(げんきん)で払(はら)う。**
genkin de harau.

完整句 現金(げんきん)で払(はら)います。
genkin de haraimasu.

聽 請問是要用現金還是信用卡？

支払(しはら)いは現金(げんきん)ですか、クレジットカードですか。

説 麻煩結帳。

迷你句 **お会計(かいけい)。**
okaike-.

完整句 お会計(かいけい)をお願(ねが)いします。
okaike- wo onegaishimasu.

聽 請問是一起付嗎？

支払(しはら)いは一緒(いっしょ)にしますか。

説 請幫我換成五個100日圓的硬幣。

迷你句 **500円玉(ごひゃく)を100円玉5枚で。**
gohyakuen dama wo hyakuen dama go maide.

完整句 500円玉(えんだま)を100(ひゃく)円玉(えんだま)5枚でください。
gohyakuen dama wo hyakuen dama go mai de kudasai.

聽 這是找您的五百日圓。

500円(えん)のおつりでございます。

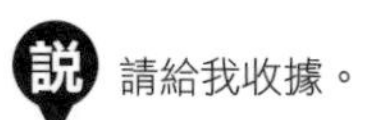

說 請給我收據。

迷你句 **領収書が要る。**
ryo-shu-sho ga iru.

完整句 領収書をください。
ryo-shu-sho wo kudasai.

聽 請問要收據嗎？

領収書はご利用ですか。

說 分開付。

迷你句 **別々に払う。**
betsubetsu ni harau.

完整句 支払いは別々でお願いします。
shiharai wa betsubetsude onegaishimasu.

聽 請問要一起付還是分開付？

支払いは一緒にしますか。それとも別々にしますか。

說 全部多少錢？

迷你句 **全部いくら？**
zenbu ikura?

完整句 全部でいくらになりますか。
zenbude ikura ni narimasuka?

聽 共六千日圓。

六千円になります。

必學單字

01 払う＝付錢
harau

02 おつり＝找零
otsuri

03 領収書＝收據
ryo-shu-sho

04 別々＝分開
betsubetsu

說 這道菜太鹹了，吃不下。

迷你句 **これがしょっぱくて、食べられない。**

kore ga shoppaku te,tabenai.

完整句 これが塩辛すぎて、食べることができません。

kore ga shiokarasugite,taberukoto ga dekimasen.

聽 謝謝您的意見，我們一定會改進。

ご意見をありがとうございます。こちらは改善します。

說 這沒有熟。

迷你句 **火が通ってない。**

hi ga to-ttenai.

完整句 火が通ってないです。

hi ga to-ttenai desu.

聽 這真的非常抱歉，我馬上幫你換新的。

申し訳ございません、新しいものとお取替えします。

說 這如果再放點胡椒會更好。

迷你句 **これにこしょうを入れたほうがいい。**

kore ni kosho- wo iretaho- ga i-

完整句 これにこしょうを入れると味に深みが出ると思います。

kore ni kosho- wo ireru to aji ni fukami ga deru to omoimasu

聽 謝謝您的建議。

アドバイスをありがとうございます。

說 這塊牛排煎過頭了。

迷你句 **このステーキは焼きすぎた。**

kono sute-ki wa yakisugita

完整句 このステーキ焼きすぎています。

kono sute-ki yakisugi te-masu.

聽 請問是哪一道菜不合口味？

どの料理合はお口に合いませんでしたか。

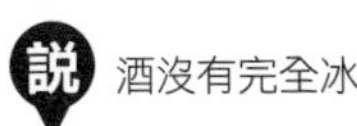

說 酒沒有完全冰鎮。

迷你句 **ワインがあまり冷えていない。**

wain ga amari hiete inai.

完整句 ワインがあまり冷えていません。

wain ga amari hiete imasen.

聽 今日的用餐還好嗎？ 今日の食事はいかがですか。

說 這個香蕉壞掉了。

迷你句 **このバナナは腐った。**

kono banana wa kusatta.

完整句 このバナナは腐っています。

kono banana wakusatteimasu.

聽 非常抱歉，我們一定會注意食材的新鮮度。 申し訳ございません。今後、食材の鮮度に十分注意してまいります。

說 菜裡面有頭髮。

迷你句 **料理に髪の毛があった。**

ryo-ri ni kami noke ga atta.

完整句 料理に髪の毛が入っていました。

ryo-ri ni kami no ke ga haitteimashita.

聽 不好意思，現在馬上幫你換新的。 申し訳ございません。今すぐ新しいのに変えます。

必學單字

01 しょっぱい＝鹹

shoppai

02 深み＝深度

fukami

03 ワイン＝紅酒

wain

04 バナナ＝香蕉

banana

說 店員的態度很差。

迷你句 **店員の態度がすごく悪いです。**
tenin no taido ga sugoku warui desu.

完整句 店員の態度がとても悪かったです。
tenin no taido ga totemo warukatta desu.

聽 請問是哪一個店員的態度不好呢？

どの店員の態度が悪いのでしょうか。

說 我沒有點這個。

迷你句 **これは注文してない。**
kore wa chu-mon shite nai.

完整句 これは注文していません。
kore wa chu-mon shiteimiasen.

聽 很抱歉，是我們弄錯了。

すみません。間違えてしまいました。

說 出菜速度太慢。

迷你句 **料理を出すのが遅い。**
ryo-ri wo dasu noga osoi.

完整句 料理の出るスピードが遅すぎます。
ryo-ri no deru supi-do ga ososugimasu.

聽 謹表歉意，招待您本店的招牌菜好嗎？

謝罪をさせていただきたいため、当店の看板メニューを召し上がっていただきませんか。

說 已經等了三十分鐘了。

迷你句 **もう30分も待っている。**
mo- sanjyuppun mo matteiru.

完整句 もう30分も待っています。
mo- sanjyuppun mo matteimasu.

聽 不好意思，讓您久等了。

すみません。大変お待たせいたしました。

說 地板上有蟑螂。

迷你句 **床(ゆか)に、ゴキブリがいる。**
yuka ni,gokiburi ga iru.

完整句 床(ゆか)にゴキブリがいます。
yukani gokiburi ga imasu!!

聽 謹表歉意，這次餐點完全免費。

おわびに、このたびの料理(りょうり)はただにさせていただきます。

說 玻璃杯很髒。

迷你句 **グラスが汚(きたな)い。**
gurasu ga kitanai.

完整句 グラスが汚(よご)れています。
gurasu ga yogoreteimasu.

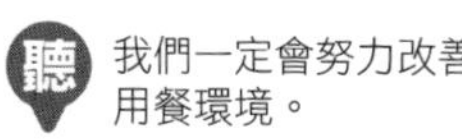

聽 我們一定會努力改善用餐環境。

こちらはダイニング環境(かんきょう)を改善(かいぜん)するように努(つと)めます。

說 我確定我有預約。

迷你句 **確(たし)かに予約(よやく)した。**
tashikaniyoyakushita.

完整句 確(たし)かに予約(よやく)しました。
tashikaniyoyakushimashita.

聽 馬上幫您確認，請稍等。

すぐ確認(かくにん)いたします、少々(しょうしょう)お待(ま)ちください。

必學單字

01 間違(まちが)い＝弄錯
machigai

02 汚(きたな)い＝髒；不乾淨
kitanai

03 グラス＝玻璃杯
gurasu

04 努(つと)める＝努力
tsutomeru

06 交通工具

常用句型＋實用替換字

不好意思，請問 車站 在哪裡？

- すみません、駅(えき)はどこですか。

sumimasen, eki wa doko desuka?

替換單字

1 | 公車站牌　バス停(てい)（basu tei）
2 | 計程車搭乘處　タクシー乗(の)り場(ば)（takushi- noriba）
3 | 博物館　博物館(はくぶつかん)（hakubutsukan）
4 | 美術館　美術館(びじゅつかん)（bijyutsukan）
5 | 圖書館　図書館(としょかん)（toshokan）

我想去 這個地方 ，請問要怎麼走？

- この場所(ばしょ)へ行(い)きたいですが、どうやって行(い)きますか。

kono basho e ikitaidesuga, douyatte ikimasuka?

替換單字

1 | 這個景點　このスポット（kono supotto）
2 | 郵局　郵便局(ゆうびんきょく)（yuubinkyoku）
3 | 銀行　銀行(ぎんこう)（ginkou）
4 | 這家餐廳　このレストラン（kono resutoran）
5 | 這間學校　この学校(がっこう)（kono gakkou）

下一班往 京都 的班次是什麼時候？

- 京都(きょうと)行(ゆ)きの次(つぎ)の便(びん)はいつですか。

kyoto yuki no tsugi no bin wa itsu desuka?

替換單字

1 | 大阪　大阪(おおさか)（oosaka）
2 | 上野　上野(うえの)（ueno）
3 | 神戸　神戸(こうべ)（koube）
4 | 札幌　札幌(さっぽろ)（sapporo）
5 | 博多　博多(はかた)（hakata）

走路 要花多少時間？

- **歩く（あるく） のにどのぐらいかかりますか。**

aruku noni dono gurai kakarimasuka?

替換單字
1 | 騎單車 自転車（じてんしゃ）に乗（の）る（jitensha ni noru）
2 | 開車 運転（うんてん）する（untensuru）
3 | 搭電車 電車（でんしゃ）に乗（の）る（densha ni noru）
4 | 搭巴士 バスに乗（の）る（basu ni noru）
5 | 搭船 船（ふね）に乗（の）る（fune ni noru）

可以預約 租車 嗎？

- **レンタカー を予約（よやく）することができますか。**

rentaka- o yoyaku suru koto ga dekimasuka?

替換單字
1 | ETC 卡 ETC カード（etc ka-do）
2 | 嬰兒座椅 ベビーシート（bebi- shi-to）
3 | 導航 カーナビ（ka-nabi）

我想預約 附新幹線車票 的方案。

- **新幹線（しんかんせん）の切符（きっぷ）付（つ）き のプランを予約（よやく）します。**

shinkansen no kippu tsuki no puran o yoyaku shimasu.

替換單字
1 | 免責保險 免責補償（めんせきほしょう）（menseki hoshou）
2 | 四天三夜 三泊四日（みはくよっか）（mihaku yokka）
3 | 附遊樂園門票 遊園地（ゆうえんち）のチケット付（つ）き
yuuenchi no chiketto tsuki）

需要 台灣的駕照 嗎？

- 台湾の運転免許証 は必要ですか。

taiwan no unten menkyoshou wa hitsuyou desuka?

替換單字
1 | 駕照日文譯本 運転免許の日本語翻訳（unten menkyo no nihongo honyaku）
2 | 國際駕照 国際運転免許証（kokusai unten menkyoshou）
3 | 護照 パスポート（pasupo-to）

請給我兩張 新幹線 的車票。

- 新幹線 の切符を 2 枚ください。

shinkansen no kippu o nimai kudasai.

替換單字
1 | 特急列車 特急（tokkyu-）
2 | 成田特快 成田エクスプレス（narita ekusupuresu）
3 | Skyliner スカイライナー（sukairaina-）

我要到 東京巨蛋 。

- 東京ドーム までお願いします。

toukyou do-mu made onegai shimasu.

替換單字
1 | 東京車站 東京駅（toukyou eki）
2 | 上野公園 上野公園（ueno kouen）
3 | 早稻田大學 早稲田大学（waseda daigaku）
4 | 橫濱中華街 横浜中華街（yokohama chu-kagai）
5 | 羽田機場 羽田空港（haneda kuukou）

東出口 在哪裡？

• **東口**(ひがしぐち) **はどこにありまか。**

higashi guchi wa dokoni arimasuka?

替換單字

1 | 西出口　西口(にしぐち)（nishi guchi）

2 | 北出口　北口(きたぐち)（kita guchi）

3 | 南出口　南口(みなみぐち)（minami guchi）

4 | 轉乘出口　乗(の)り換(か)えの出口(でぐち)（norikae no deguchi）

5 | 閘門　改札口(かいさつぐち)（kaisatsu guchi）

這附近有 加油站 嗎？

• **この近(ちか)くに ガソリンスタンド がありますか。**

kono chikakuni gasorin sutando ga arimasuka?

替換單字

1 | 自助加油的加油站　セルフ式(しき)ガソリンスタンド（serufu shiki gasorin sutando）

2 | 可刷卡的加油站　カードが使(つか)えるガソリンスタンド（ka-do ga tsukaeru gasorin sutando）

3 | 有自助洗車的加油站
セルフ洗車場があるガソリンスタンド（serufu senshajyou ga aru gasorin sutando）

發生車禍 ，請叫警察。

• **事故(じこ)があって 、警察(けいさつ)を呼(よ)んでください。**

jiko ga atte , keisatsu o yonde kudasai.

替換單字

1 | 我自己撞到車子　自損事故(じそんじこ)があって（jison jiko ga atte）

2 | 有人受傷　けが人(にん)がいて（keganin ga ite）

3 | 有人死亡　亡(な)くなった人(ひと)がいて（nakunatta hito ga ite）

説 淺草寺該怎麼去？

迷你句 **浅草寺、どう行けばいい？**
senso-ji, do- ikeba i-?

完整句 浅草寺にはどう行けばいいのでしょうか。
senso-ji ni wa do- ikebai- no desho-ka?

聽 不遠喔，下一個路口右轉就到了。

遠くないですよ。次の交差点を右に曲がると到着です。

説 下車後要往哪裡走？

迷你句 **降りてから、どこへ？**
ori tekara, dokoe?

完整句 降りてから、どこへ向かいますか。
ori tekara, dokoe mukaimasuka?

聽 只要跟著指標就會到達美術館了。

道路標識に従って進めば、美術館に到着します。

説 一直往前走嗎？

迷你句 **真直ぐ行くの？**
massugu iku no?

完整句 真直ぐに行きますか。
massugu ikimasuka?

聽 在第三個紅綠燈的地方有公車站牌。

三番目の信号のところにバス停があります。

説 除了搭公車以外，還有沒有其他方法？

迷你句 **バス以外の行く方法ある？**
basu igai no iku ho-ho- aru?

完整句 バスを除いて、他に何か移動方法はないでしょうか。
basu wo nozoite, hokani nani ka idoho-ho-wa naidesho- ka?

聽 你可以搭電車。

電車で行けばいいです。

說 有什麼特別的標誌嗎？

迷你句 **何か目印はある？**
nani ka mejirushi wa aru?

完整句 何か目印はありますか。
nani ka mejirushi wa arimasuka?

聽 在那附近有一家大超市。

その近くに大きいスパーがあります。

說 這條路可以通往飯店嗎？

迷你句 **この道、ホテル着く？**
kono michi, hoteru tsuku?

完整句 この道を行けばホテルに着きますか。
kono michi wo ikeba hoteru ni tsuki masuka?

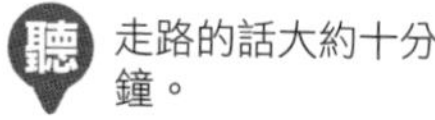

聽 走路的話大約十分鐘。

歩いて十分ぐらいです。

說 要如何去這個地址？

迷你句 **どうしたらこの住所まで行ける？**
do-shitara kono jyu-sho made ikeru?

完整句 どうしたらこの住所まで行けますか。
do-shitara konojyu-sho made ikemasuka?

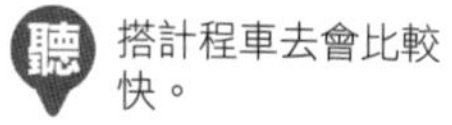

聽 搭計程車去會比較快。

タクシーに乗ったほうがいいと思います。

必學單字

01 曲がる＝轉彎
magaru

02 真直ぐ＝直走
massugu

03 目印＝標誌；明顯地標
mejirushi

04 住所＝地址
jyu-sho

必學會話｜02 問時刻表

Track 054

説 時刻表在哪裡？

迷你句 **時刻表、どこ？**
jikokuhyo-, doko?

完整句 時刻表はどこですか。
jikokuhyo- wa dokodesuka?

聽 那邊有個顯示時刻表的電子看板。

あそこには時刻表を表示する電子ビルボードがあります。

説 可以教我怎麼看時刻表嗎？

迷你句 **時刻表の見方を教えてくれる？**
jikokuhyo- no mikata wo oshiete kureru?

完整句 時刻表の見方を教えてください？
jikokuhyo- nomikata wo oshiete kudasai?

聽 紅字的是快速列車，黑色的是普快列車。

赤字のは急行で黒字のは普通です。

説 有中文的時刻表嗎？

迷你句 **中国語の時刻表、ある？**
chu-gokugo no jikokuhyo-, aru?

完整句 中国語の時刻表はありますか。
chu-gokugo no jikoku hyo- wa arimasuka?

聽 很抱歉，我們只有日文版和英文版。

申し訳ございませんが、日本語と英語の時刻表しかありません。

説 幾點會到京都呢？

迷你句 **京都には何時に到着する？**
kyo-to niwa nanji ni to-chakusuru?

完整句 京都には何時に到着しますか。
kyo-to niwa nanji ni to-chakushimasuka?

聽 時刻表上寫著下午三點會到。

時刻表には到着時間が午後三時と書いてあります。

怎麼知道出發時間？

迷你句 **どうやって出発時間が分かる？**
do-yatte shuppatsu ikan ga wakaru?

完整句 どうしたら出発時間が分かりますか。
do-shitara shuppatsujikan ga wakarimasuka?

這邊寫著「出發」的這一列就是出發時間。

ここに「発」を書いてある列は出発時間です。

說 可以在哪裡拿到新幹線的時刻表？

迷你句 **新幹線の時刻表、どこでもらえる？**
shinkansen no jikokuhyo-, doko de moraeru?

完整句 新幹線の時刻表はどこでもらえきますか。
shinkansen no jikokuhyo- wa dokode moraemasu ka?

時刻表可在櫃台索取。

時刻表はカウンターでもらえます。

我看不懂時刻表。

迷你句 **時刻表、分からない。**
jikokuhyo-, wakaranai.

完整句 時刻表が分かりません。
jikokuhyo- ga wakarimasen.

去櫃檯詢問會比較好。

受付に聞いたほうがいいと思います。

01 電子ビルボード＝電子看板
denshibirubo-do

02 見方＝看……的方法；看法
mikata

03 急行＝快速列車
kyu-ko-

04 到着＝抵達
to-chaku

說 外國人買票的時候需要出示證件嗎？

迷你句 外国人が切符を買う時、身分証明書、必要？
gaikokujin ga kippu wo kau toki, mibun sho-me-sho, hitsu yo-?

完整句 外国人が切符を購入する時、身分証明書を見せる必要がありますか。
gaikokujin ga kippu wo ko-nyu-suru toki, mibunsho-me-sho wo miseru hitsuyo-gaarimasuka?

聽 買票不需其他證件。 身分証明書を見せる必要はありません。

說 退票需要手續費嗎？

迷你句 払い戻し手数料かかる？
haraimodoshi tesu-ryo- kakaru?

完整句 払い戻し手数料がかかりますか。
haraimodoshi tesu-ryo- ga kakarimasuka?

聽 學生可以買學生票。 学生は学生切符が買えます。

說 我的行程有改變，請問可以退票嗎？

迷你句 スケジュール変更した。払い戻しできる？
sukejyu-ru henko- shi ta. haraimodoshi dekiru?

完整句 スケジュールは変更しました。払い戻しできますか。
sukejyu-ru wa henko- shimashita. haraimodoshi dekimasuka?

聽 不好意思，我們不接受退票。 申し訳ございませんが、払い戻しできません。

說 訂票的窗口在哪裡？

迷你句 予約の窓口はどこ？
yoyaku no madoguchi wa doko?

完整句 予約の窓口はどこですか。
yoyaku no madoguchi wa doko desuka?

聽 那邊的綠色窗口可以訂位。 そこの緑の窓口には席の予約ができます。

說 我想要兩張大阪的來回票。

迷你句 **大阪への往復切符を二枚ください。**
o-saka he no o-fukukippu wo nimai kudasai.

完整句 大阪への往復切符を二枚お願いします。
o-saka he no o-fukukippu wo nimai onegaishimasu.

聽 請問您回程的日期是？

いつ帰るつもりですか。

說 我有國際學生證。請問可以買學生票嗎？

迷你句 **国際学生証持ってる。学生切符買える？**
kokusaigakuse- sho- motteru.gakuse- kippu kaeru?

完整句 国際学生証を持っています。学生割引切符は買えますか。
kokusai gakuse-sho wo motteimasu.gaku se- waribiki kippu wa kaemasuka?

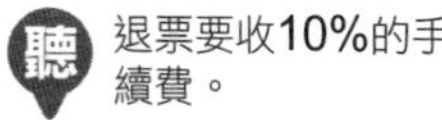

聽 退票要收10%的手續費。

払い戻しには10%の手数料がかかります。

說 有針對外國人旅遊的優惠嗎？

迷你句 **外国人旅行者用の割引はある？**
gaikokujinryoko-shayo- no waribikiwa aru?

完整句 外国人旅行者用の割引はありますか。
gaikokujinryoko-shayo- no waribiki wa arimasuka?

聽 JR pass 就是以外國觀光客為對象的優惠車票。

JR パースは外国人旅行者を対象としたお得なチケットです。

必學單字

01 国際学生証＝國際學生證
kokusaigakuse-sho-

02 往復切符＝來回票
o-fukukippu

03 手数料＝手續費
tesu-ryo-

04 お得＝划算
otoku

必學會話｜04 搭地鐵　Track 056

説 這個路線圖有點難懂。

迷你句 **この路線図、分かり難い。**
kono rosenzu, wakarinikui.

完整句 この路線図はちょっと分かり難いです。
kono rosenzu wa chotto wakarinikui desu.

聽 那是兩年前的路線圖。

それは二年前の路線図です。

説 坐這條線可以到梅田嗎？

迷你句 **この線に乗って梅田までいける？**
kono sen ni notte umeda made ikeru?

完整句 この線に乗って梅田までいけますか。
kono sen ni notte umeda made ikemasuka?

聽 這條線是御堂筋線梅田是終點站。

この線は御堂筋線で梅田が終点です。

説 去天王寺應該要坐哪一條線？

迷你句 **天王寺に行きたい、どの線に乗ったほうがいい。**
teno-ji ni ikitai dono sen ni nottaho- ga ii?

完整句 天王寺に行きたいので、どの線に乗ればいいですか。
tenno-ji ni ikitai nodesuga ,dono sen ni norebaii desuka?

聽 請到第二月台搭紅色線的地下鐵。

二番のホームで赤い線の地下鉄に乗ってください。

説 你可以教我怎麼看路線圖嗎？

迷你句 **路線図の使い方、教えて。**
rosenzu no tsukaikata, oshiete

完整句 路線図の使い方を教えてもらえませんか。
rosenzu no tsukaikata wo oshie temoraemasenka?

聽 這張路線圖是錯的。

この路線図は正確ではありません。

說 阪急京都線可以到奈良嗎？

迷你句 阪急の京都線から奈良に行くことができる？
hankyu- no kyo-tosen kara, nara ni ikukoto ga dekiru?

完整句 阪急の京都線から奈良に行くことはできますか。
hankyu- no kyo-tosen kara nara ni ikukoto wa dekimasuka?

聽 你搭JR會比較方便。

JRのほうが便利だと思います。

說 地下鐵的路線圖可以在哪裡拿到？

迷你句 地下鉄の路線図、どこでもらえる？
chikatetsu no rosenzu, doko de moraeru?

完整句 地下鉄の路線図はどこでもらえますか。
chikatetsu no rosenzu wa doko de moraemasuka?

聽 去問一下站務員吧。

駅員に聞いてみましょう。

說 可以借我看一下路線圖嗎？

迷你句 路線図を見せて。
rosenzu wo misete.

完整句 路線図を見せてもらえませんか。
rosenzu wo misete moraemasenka?

聽 我們現在在路線圖的那邊。

今は路線図のそこにいます。

01 地下鉄＝地下鐵
chikatetsu

02 使い方＝使用方法
tsukaikata

03 路線図＝路線圖
rosenzu

04 駅員＝站務員
ekiin

必學會話｜05 車費多少錢

Track 057

聽說日本的計程車費很貴。

迷你句 **日本のタクシー高いそうだ。**
nihon no takushi- takaiso-da.

完整句 日本のタクシー料金は高いそうです。
nihon no takushi- ryo-kin wa takaiso-desu.

夜間時段搭計程車比較貴。

深夜割増時間帯に乗車した場合、料金はもっと高いです。

公車要多少錢？

迷你句 **バス代は、いくら？**
basudai wa,ikura?

完整句 バス代はいくらですか。
basudai wa ikuradesuka?

聽 請對照妳票上的巴士站和前面公車費顯示板的金額。

整理券に書いたバス停と前の料金ボードと合わせてください。

說 計程車方便是方便，但就是貴了一點。

迷你句 **タクシーは便利だが、高い。**
takushi- wa benrida ga, takai.

完整句 タクシーは便利ですが、料金がちょっと高いです。
takushi- wa benri desuga, ryo-kin ga chotto takai desu.

聽 多人共乘比較划算。

相乗りがお得です。

說 從這裡去心齋橋搭地下鐵要多少錢？

迷你句 **ここから地下鉄で心斎橋に行くのは、いくら？**
koko kara chikatetsu de shinsaibashi ni iku nowa ,ikura?

完整句 ここから地下鉄で心斎橋に行くのはいくらですか。
koko kara chikatetsu de shinsaibashi ni iku nowa ikuradesuka?

聽 金額就是寫在你想要去的車站上的數字。

目的の駅に書いてある数字は料金です。

說 計程車起跳費是多少？

迷你句 **基本料金、いくら？**

kihonryo-kin, ikura?

完整句 タクシーの基本料金はいくらですか。

takushi- no kihonryo-kin wa ikuradesuka?

聽 日本計程車一般起跳價是六百五十日圓。

日本のタクシーの基本料金は一般的に六百五十円です。

說 搭計程車到車站要多少錢？

迷你句 **駅までタクシーで、いくら？**

eki made takushi- de,ikura?

完整句 駅までタクシーで大体いくらですか。

eki made takushi- de daitai ikuradesuka?

聽 日本的計程車都是跳表制，可以安心搭乘。

日本のタクシーの運賃はタクシーメーターを使っていますので、ご安心ください。

說 起跳金額會因地區而不同嗎？

迷你句 **基本料金、地域によって違う？**

kihonryo-kin, chi-ki niyotte chigau?

完整句 基本料金は地域によって違いますか。

kihonryo-kin wa chi-ki niyotte chigaimasuka?

聽 鬧區的起跳金額高達七百日圓。

都心部の基本料金は七百円に達します。

必學單字

01 相乗り＝共乘

ainori

02 深夜割増時間＝夜間加價時段

shinyawarimashijikan

03 基本料金＝起跳價

kihonryo-kin

04 整理券＝寫有公車站名的券

se-riken

必學會話｜06 走路／騎單車

Track 058

說 要不要租自行車？

迷你句 **自転車を借りる？**
jitensha wo kariru?

完整句 自転車を借りますか。
jitensha wo karimasuka?

聽 那邊有租借腳踏車的店。

そこに自転車のレンタルがあります。

說 騎腳踏車是很好的運動。

迷你句 **自転車に乗るのはいい運動になると思う。**
jitensha ni noru nowa i-undo- ni naru to omou.

完整句 自転車に乗るのはいい運動になると思います。
jitensha ni noru nowa i-undo- ni naru to omoimasu.

聽 騎腳踏車對身體很好。

自転車に乗るのは体にいいと思います。

說 我們沿著河岸散步吧。

迷你句 **川岸に沿って散歩しよう。**
kawagishi ni sotte sanposhiyo-.

完整句 川岸に沿って散歩しましょう。
kawagishi ni sotte sanposhimasho-.

聽 今天天氣很好。

今日はいい天気ですね。

說 發現了好多書上沒有介紹的美食。

迷你句 **本にない食べ物、発見。**
hon ni nai tabemono,hakken.

完整句 本に載っていないB級グルメを発見しました。
hon ni notte-nai B kyu- gurume wo hakkenshimashita.

聽 那家店雖然不起眼，但平價又好吃。

その店は目立たないけど、安価だし美味しいです。

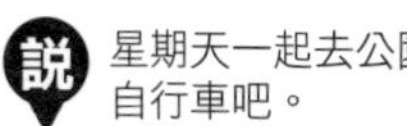

說 星期天一起去公園騎自行車吧。

迷你句 **日曜に、公園で自転車乗ろう。**

nichiyo-ni, ko-en de jitensha noro-

完整句 日曜日に一緒に公園に自転車に乗りましょう。

nichiyo-bi ni isshoni ko-en ni jitensha ni norimasho-

聽 我喜歡騎自行車。

自転車に乗るのが好きです。

說 從清水寺走到公車站會很遠嗎？

迷你句 **清水寺からバス停まで、遠い？**

kiyomizudera kara basute- made, to-i?

完整句 清水寺からバス停まで歩くと遠いですか。

kiyomizudera kara basute- made aruku to to-i desuka?

聽 走路的話有一點遠，大概要花三十分鐘。

徒歩ならちょっと遠いですよ。30分ぐらいかかります。

說 要不要問一下路？

迷你句 **道を聞かない？**

michi wo kikanai?

完整句 誰かに道を聞きに行きませんか。

dareka ni michi wo kikini ikimasenka?

聽 不好意思，我對這邊也不太熟。

すみません。ここにもあまり詳しくないです。

必學單字

01 徒歩＝步行
toho

02 目立たない＝不起眼
medatanai

03 安価＝便宜
anka

04 詳しい＝清楚詳細的
kuwashi-

說 您好，我想要租車。

迷你句 **車を借りたいです。**
kuruma wo karitai desu.

完整句 こんにちは、車を借りたいのですが。
konnichiwa, kuruma wo karitai no desuga?

聽 請問您想要租幾天？

何日間レンタルしますか。

說 一天是多少租金？

迷你句 **一日当たり、いくら？**
ichinichi atari ,ikura?

完整句 一日当たりいくらになりますか。
ichinichi atari ikura ni narimasuka?

聽 如果租用兩周，可以打八五折。

二週間を借りると、15%引きになります。

說 你們有網上租車嗎？

迷你句 **ネット予約できる？**
netto yoyaku dekiru?

完整句 インターネットで予約することができますか。
inta-netto de yoyaku suru koto ga dekimasuka?

聽 我們網路上也可以預約租車。

インターネットでレンタカーの予約ができます。

說 費用裡有包含保險嗎？

迷你句 **料金には責任保険が含まれている？**
ryo-kin niwa sekininhoken ga fukumare te-ru?

完整句 料金には責任保険が含まれていますか。
ryo-kin niwa sekininhoken ga fukumareteimasuka?

聽 費用裡並沒有包含保險。

料金には保険代は含まれていません。

說 需要訂金嗎？

迷你句 **前金が必要？**
maekin ga hitsuyo-?

完整句 前金は必要ですか。
maekin wa hitsuyo- desuka?

聽 不需要訂金。

前金の必要はありません。

說 我需要出示證件嗎？

迷你句 **証明書を見せる？**
sho-me-sho wo miseru?

完整句 証明書を見せる必要がありますか。
sho-me-sho wo miseru hitsuyo- ga arimasuka?

聽 請出示你的駕照。

運転免許を見せてくれませんか。

說 我想租七人座的廂型車。

迷你句 **七人乗り、ミニバンで。**
shichininnori, miniban de.

完整句 七人乗りのミニバンをお願いします。
shichininnori no miniban wo onegaishimasu.

聽 有喜歡的車款嗎？

気に入った車がありますか。

必學單字

01 前金＝訂金
maekin

02 運転免許＝駕照
untenmenkyo

03 気に入る＝喜歡
kiniiru

04 保険代＝保險費
hokendai

必學會話｜08 開車廂放行李

Track 060

說 可以幫我拿一下行李嗎？

迷你句 **荷物運ぶのを手伝ってくれる？**

nimotsu hakobu no wo tetsudatte kureru

完整句 荷物を運ぶのを手伝ってくれませんか。

nimotsu wo hakobu no wo tetsudatte kuremasenka?

聽 行李只有這三件嗎？

荷物はこの三つだけですか。

說 可以幫我開一下行李廂嗎？

迷你句 **トランクを開けてください。**

toranku wo ake tekudasai.

完整句 トランクを開けてくれませんか。

toranku wo aketekuremasenka?

聽 好，我馬上幫你開。

かしこまりました。今すぐ開けます。

說 行李很多，後車廂放得下嗎？

迷你句 **荷物いっぱい。入れられる？**

nimotsu ippai. irerareru?

完整句 荷物はいっぱいです。トランクに入れられますか。

nimotsu wa ippai desu. toranku ni ireraremasuka?

聽 後車廂滿了，把這一件行李放前座吧。

トランクはいっぱいです。助手席に置いてください。

說 請幫我把這件行李放進行李廂。

迷你句 **この荷物をトランクに入れてくれる？**

kono nimotsu wo toranku ni irete kureru?

完整句 この荷物をトランクに入れてください。

kono nimotsu wo toranku ni irete kudasai.

聽 這個粉紅色的包包也要放進去嗎？

このピンクのかばんも入れますか。

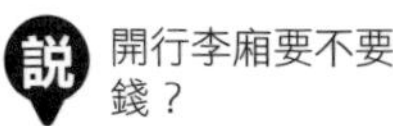

說 開行李廂要不要多加錢？

迷你句 **トランクに荷物入れる。料金ある？**
toranku ni nimotsu ireru. ryo-kin aru?

完整句 トランクに荷物を入れる場合は料金が加算されますか。
toranku ni nimotsu wo ireru baai wa ryo-kin ga kasansaremasuka?

聽 開行李箱要多收五十日圓。

トランクを開ける場合、五十円加算します。

說 可以放在副駕駛座嗎？

迷你句 **助手席に置いていい？**
jyoshuseki ni oite i-?

完整句 助手席に置いてもよろしいですか。
jyoshuseki ni oitemo yoroshiidesuka?

聽 這個行李太大放不進行李廂。

この荷物は大きすぎてトランクに入れられない。

說 行李太多了，該怎麼辦？

迷你句 **荷物多すぎ。どうする？**
nimotsu o-sugi. do-suru ?

完整句 荷物は多すぎます。どうしますか。
nimotsu wa o-sugimasu. do-shimasuka?

聽 後車廂滿了，要不要再叫一台車。

トランクはいっぱいです。もう一台お呼びしますか。

必學單字

01 開ける＝打開
akeru

02 助手席＝副駕駛座
jyoshuseki

03 手伝い＝幫忙
tetsudai

04 加算＝加價
kasan

必學會話｜09 司機，我要下車！ Track 061

說 我要下車。

迷你句 **降りる。**
oriru

完整句 降ります。
orimasu

聽 下車時請按下車鈴。

降りようとする時、ベルを押してください。

說 請在下一個十字路口停車。

迷你句 **次の交差点で止めてくれる？**
tsugi no ko-saten de tome tekureru?

完整句 次の交差点で止めてください。
tsugi no ko-saten de tome tekudasai.

聽 請問要在哪裡下車？

とこで止めますか。

說 我想要去東京大學，是在這邊下車嗎？

迷你句 **東京大学に行きたい。ここで降りる？**
to-kyo-daigaku ni ikitai. koko de oriru?

完整句 東京大学に行きたいですが、ここで降りますか。
to-kyo-daigaku ni ikitaidesuga, koko de orimasuka?

聽 是在下一站下車喔。

次の駅で降りますよ。

說 我想要去清水寺應該在哪裡下車？

迷你句 **清水寺に行く、どこで降りる？**
kiyomizudera ni iku, doko de oriru?

完整句 清水寺に行きたいんですが、どこで降りたらいいですか。
kiyomizudera ni ikitain desuga,doko deoritara i- desuka?

聽 這一站就可以下車了。

この駅で降ります。

說 請在這裡停車。

迷你句 **ここで止めてくれる？**
koko de tomete kureru?

完整句 ここで止めてください。
koko de tomete kudasai.

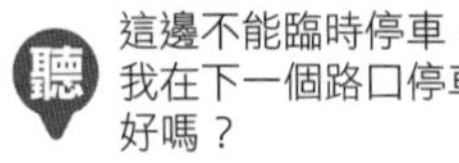

聽 這邊不能臨時停車，我在下一個路口停車好嗎？

この辺りの交差点に停車できないので、次の交差点でよろしいでしょうか。

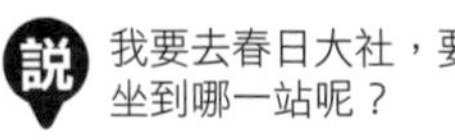

說 我要去春日大社，要坐到哪一站呢？

迷你句 **春日大社に行く。どこまで乗る？**
kasugataisha ni iku. doko made noru?

完整句 春日大社に行きたいですが、どこまで乗ればいいですか。
kasugataisha ni ikitaidesuga, doko made noreba i-desuka?

聽 你應該問司機。

運転手さんに聞いたほうがいいです。

說 我要去春日大社，要坐到哪一站呢？

迷你句 **次で降りる。**
tsugi de oriru.

完整句 次で降ります。
tsugi de orimasu.

聽 下車時請投錢。

降りるときに料金を入れてください。

必學單字

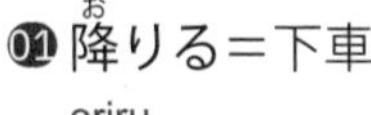

01 降りる＝下車
oriru

02 辺り＝附近
atari

03 停車＝臨時停車
te-sha

04 運転手＝司機
untenshu

必學會話｜10 找出口（轉車）Track 062

說 沒有直達的電車嗎？

迷你句 **直通電車ないの？**

chokutsu-densha nai o?

完整句 直通する電車はありませんか。

chokutsu-suru densha wa arimasenka?

聽 沒有直達車，只能轉乘公車。

直通電車はありません。バスに乗り換えるしかないです。

說 地下鐵怎麼換乘新幹線？

迷你句 **地下鉄からどうやって新幹線に乗り換える？**

chikatetsu kara do-yatte shinkansen ni norikaeru

完整句 地下鉄からどのように新幹線に乗り換えますか。

Chikatetsu kara donoyo-ni shinkansen ni norikaemasuka?

聽 無法直接轉乘，一定要先出站。

直接乗り換えができないので、駅を出る必要があります。

說 到了轉乘站的時候請告訴我。

迷你句 **乗換駅に着いたら、私に教えて。**

norikaeeki ni tsuitara, watashi ni oshiete.

完整句 乗り換えの駅に到着したら、私に教えてしてください。

norikae no eki ni to-chakushitara, watashi ni oshie tekudasai.

聽 搭電車比較快，但是要換車。

電車で行くと時間はかからないが、乗換えが必要になります。

說 去神戶要在哪裡轉車？

迷你句 **神戸へはどこで乗り換える？**

ko-be e wa doko de norikaeru?

完整句 神戸へはどこで乗り換えますか。

ko-be e wa doko de norikaemasuka?

聽 請至五號月台轉乘。

五番目のホームで乗り換えてください。

說 要去甲子園球場，從哪一個出口出站比較近？

迷你句 **甲子園に行く。何番出口から出る？**

ko-shien ni iku. nanban deguchi kara deru?

完整句 甲子園球場に行くには何番出口から出ればいいですか。

ko-shienkyu-jyo- ni iku niwa nanban deguchi kara derebaiidesuka?

聽 北口比較靠近公車站。

北口はバス停に近いです。

說 要換幾次車？

迷你句 **何回の乗り換えが必要？**

nankai no norikae ga hitsuyo-?

完整句 何回の乗り換えが必要ですか。

nankai no norikae ga hitsuyo- desuka?

聽 最便宜的也要換三次車。

一番安い方法でも3回は必要です。

說 哪個出口比較近？

迷你句 **どの出口、近い？**

dono deguchi, chikai?

完整句 どの出口が近いですか。

dono deguchi ga chikai desuka?

聽 我也是外地人，我不太清楚從哪裡出站比較好。

私も観光客なので、何番出口から出ればいいかが分かりません。

必學單字

01 乗り換える＝轉乘

norikaeru

02 直通電車＝直達電車

chokutsu-densha

03 ホーム＝月台

ho-mu

04 出口＝出口

deguchi

說 有免費接駁車嗎？

迷你句 **無料シャトルバスはある？**
muryo-shatorubasu wa aru?

完整句 無料シャトルバスはありますか。
muryo-shatorubasu wa arimasuka?

聽 大約20分鐘一班。

間隔は20分ぐらい走っています。

說 最早的接駁巴士幾點出發？

迷你句 **一番早いシャトルバスは何時？**
ichiban hayai shatorubasu wa itsu?

完整句 一番早いシャトルバスは何時に出発しますか。
ichiban hayai shatorubasu wa nanji ni shuppatsu shimasuka?

聽 接駁巴士從早上七點開始運行。

シャトルバスは朝七時から走っています。

說 計程車乘車處在哪裡？

迷你句 **タクシー乗り場はどこ？**
takushi-noriba wa doko?

完整句 タクシー乗り場はどこですか。
takushi-noriba wa dokodesuka?

聽 出車站馬上就可以看到了。

駅から出るとすぐ見えます。

說 一日乘車券要怎麼用？

迷你句 **バス一日乗車券、どう使う？**
basuichinichijyo-shaken, do- tsukau?

完整句 バス一日乗車券はどうやって使いますか。
basuichinichijyo-shaken wa do-yatte tsukaimasu ka?

聽 一日乘車券是可以當日無限次乘坐市內巴士的車票。

一日乗車券は市バス乗り放題カードです。

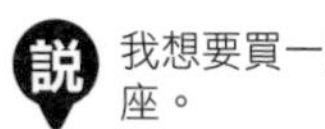

說 我想要買一張自由座。

迷你句 **自由席、一枚。**
jiyu-seki, ichimai.

完整句 自由席を一枚お願いします。
jiyu-seki wo ichimai onegaishimasu.

聽 不好意思，現在只剩下對號座。

申し訳ございませんが、指定席しか残っていません。

說 哪裡可以換零錢？

迷你句 **小銭に両替。どこ？**
kozeni ni ryo-gae. doko?

完整句 どこで小銭に両替できますか。
doko de kozeni ni ryo-gae dekimasuka?

聽 那邊那台兌幣機可以換零錢。

あそこの両替機で小銭に両替できます。

說 在這邊買往千葉的票嗎？

迷你句 **千葉行き、ここで買う？**
chibayuki, koko de kau?

完整句 千葉行きの切符はここで買いますか。
chibayuki no kippu wa koko de kaimasuka?

聽 今天已經沒有往千葉的列車了。

今日はもう千葉行きの列車がございません。

必學單字

01 自由席＝自由座
jiyu-seki

02 指定席＝對號座
shite-seki

03 小銭＝零錢
kozeni

04 両替＝換錢
ryo-gae

必學會話｜12 搭錯車！ Track 064

說 糟糕了，我好像坐過站了。

迷你句 **乗り過ぎちゃった。**
norisugi chatta.

完整句 大変だ！乗り過ぎちゃったみたい。
taihenda! norisugi chatta mitai.

聽 很抱歉，我也不知道該怎麼辦。

すみません、私もどうすればいいのかが分かりません。

說 這是往祇園的公車嗎？

迷你句 **このバスは祇園に止まる？**
kono basu wa gion ni tomaru?

完整句 このバス祇園に止まりますか。
kono basu gion ni tomarimasuka?

聽 往祇園的公車是在對面的公車站搭車。

祇園方向のバスは向こうのバス停で乗ります。

說 我好像搭到相反方向的車了。

迷你句 **逆方向の電車乗っちゃった。**
gyakuho-ko- no densha nochatta.

完整句 逆方向の電車に乗ってしまったみたいです。
gyakuho-ko- no densha ni notteshimatta mitaidesu.

聽 你可以在這站下車，然後到對面的月台搭反方向的車。

この駅で降りて、向こうのホームに行って反対方向の電車に乗ればいいです。

說 已經過了金閣寺的公車站了嗎？

迷你句 **金閣寺はもう過ぎた？**
kinkakuji wa mo- sugita?

完整句 金閣寺のバス停はもう過ぎましたか。
kinkakuji no basute- wa mo- sugimashitaka?

聽 這台公車是往銀閣寺方向的，不是金閣寺。

このバスは銀閣寺方面で金閣寺ではありません。

說 我要去奈良，但是不小心搭到往神戶的車了，該怎麼辦？

迷你句 **奈良に行く。神戸行きの電車に乗っちゃった。どうする？**

nara ni iku. ko-beyuki no densha ni noccha tta. do-suru?

完整句 奈良に行くんですけど、うっかりして神戸行きの電車に乗っちゃって。どうしたらいいですか。

nara ni ikundesukedo, ukkari shite ko-beyuki no densha ni nocchatte. do-shitaraiidesuka?

聽 十五分鐘後有一班往奈良的車。

十五分後奈良行きの列車が来る予定です。

說 抱歉我坐過頭了，該怎麼辦？

迷你句 **すみません。乗りすぎた。どうする？**

sumimasen. norisugita. do-suru?

完整句 すみません。乗りすぎてしまいました。どうしたらいいですか。

sumimasen. norisugi teshimaimashita. do- shitaraiidesuka?

聽 你可以在這邊出站，再往回走十分鐘左右就到了。

この駅に出て、反対方向へ歩いて十分ぐらいで到着です。

說 到千里山還有幾站？

迷你句 **千里山駅まで、あと何駅？**

senriyamaeki made,ato nan eki?

完整句 千里山駅まで、あと何駅がありますか。

senriyamaeki made,ato naneki ga arimasuka?

聽 本列車是特快車，並沒有停千里山站。

この電車は特急だから、千里山に止まりません。

必學單字

01 乗り過ぎ＝坐過頭
norisugi

02 逆方向＝反方向
gyakuho-ko-

03 向こう＝對面
muko-

04 特急＝特快車
tokkyu-

Track 065

説 離這裡最近的加油站在哪裡？

迷你句 **一番近いガソリンスタンド、どこ？**
ichiban chikai gasorinsutando, doko?

完整句 ここから一番近いガソリンスタンドはどこですか。
koko kara ichiban chikai gasorinsutando wa doko desuka?

聽 下一個路口就有加油站了。

ガソリンスタンドは次の交差点にあります。

説 請幫我檢查一下輪胎。

迷你句 **タイヤをチェックしてください。**
taiya wo chekkushi tekudasai.

完整句 タイヤのチェックをお願いします。
taiya no chekku wo onegaishimasu.

聽 要不要幫你擦一下車窗。

フロントガラスを拭きますか。

説 我要去加油。

迷你句 **給油行く。**
kyu-yu iku.

完整句 給油に行きます。
kyu-yu ni ikimasu.

聽 加無鉛汽油嗎？

無鉛ガソリンですか。

説 我想要上廁所。

迷你句 **トイレを使いたい。**
toire wo tsukaitai.

完整句 トイレを使いたいです。
toire wo tsukaitai desu.

聽 廁所在裡面。

トイレは奥にあります。

說 請幫我加滿。

迷你句 **満タン、お願い。**
mantan, onegai.

完整句 満タンにしてください。
mantan ni shitekudasai.

聽 要加滿嗎？

満タンですか。

說 我應該怎麼使用自助加油的油管？

迷你句 **セルフサービスのガソリンはどう入れる？**
serufusa-bisu no gasorin wa do- ireru?

完整句 セルフサービスのガソリンはどう入れるのですか。
serufusa-bisu no gasorin wa do-irerunodesuka?

聽 首先，先選擇您要的油量。

まず、給油量を選んでください。

說 這附近有自助加油站嗎？

迷你句 **近くにセルフ式のガソリンスタンドある？**
chikaku ni serufushiki no gasorinsutando aru?

完整句 この近くにセルフサービスのガソリンスタンドはありますか。
kono chikaku ni serufusa-bisu no gasorinsutando wa arimasuka?

聽 在第二個紅綠燈左轉就可以看到了。

あと二つ目の信号を左に曲がると見えます。

必學單字

01 ガソリンスタンド＝加油站
gasorinsutando

02 給油＝加油
kyu-yu

03 セルフサービス＝自助
serufusa-bisu

04 満タン＝加滿
mantan

必學會話｜14 迷路／錯過末班車 Track 066

說 我錯過末班車了。

迷你句 **終電を逃した。**
shu-den wo nogashita.

完整句 私は終電を逃してしまいました。
watashi wa shu-den wo nogashi teshimaimashi ta.

聽 怎麼會錯過末班車？

どうして終電を逃したのだろう。

說 我迷路了。

迷你句 **道に迷っちゃった。**
michi ni mayochatta.

完整句 道に迷ってしまいました。
michi ni mayotteshimaimashita.

聽 您想要去哪裡？

どこへ行きたいのですか。

說 只好在附近隨便找一個旅館了。

迷你句 **じゃあ、簡易な旅館を探さなきゃ。**
ja-,kani na ryokan wo sagasanakya.

完整句 こうなったら、この辺に簡易な旅館を探さなければなりません。
ko- nattara,konohen ni kani na ryokan wo sagasanakerebanarimasen.

聽 你明天搭最早的一班車吧！

明日始発に乗ってください。

說 可以教我路怎麼走嗎？

迷你句 **道を教えてくれる？**
michi wo oshie tekureru?

完整句 道を教えてくれませんか。
michi wo oshietekuremasenka?

聽 那邊那條大路是御堂筋。

そこの通りは御堂筋です。

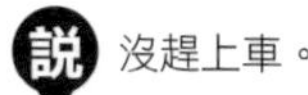

說 沒趕上車。

迷你句 **乗り遅れちゃった。**
noriokure chatta.

完整句 乗り遅れてしまいました。
noriokureteshimaimashita.

聽 錯過車的話，車票只能作廢了。

乗り遅れたら、チケットは無効になります。

說 我想要去心齋橋車站，但我不知道路。

迷你句 **心斎橋駅行きたい。道が分からない。**
shinsaibashieki ikitai. michi ga wakaranai.

完整句 心斎橋駅に行きたいんですけど、道が分かりません。
shinsaibashieki ni ikitain desukedo,michi ga wakarimasen.

聽 車站入口就在那棟大樓的附近。

駅の入り口はそのビルの近くにあります。

說 一定只能搭明天最早的電車。

迷你句 **明日の始発電車乗らなきゃ。**
ashita no shihatsudensha noranakya.

完整句 明日の始発電車に乗らなければならない。
ashita no shihatsudensha ni noranakerebanaranai.

聽 明天最早的電車是幾點？

明日の始発電車は何時ですか。

必學單字

01 終電＝末班車
shu-den

02 迷う＝迷路
mayou

03 通り＝大路
to-ri

04 始発電車＝早班車
shihatsudensha

必學會話｜15 發生車禍

Track 067

說 我被追撞了。

迷你句 **追突された。**
tsuitotsusareta.

完整句 追突されました。
tsuitotsusaremashita.

聽 地點在哪裡？

事故の場所はどこですか。

說 我出車禍了。

迷你句 **事故に遭った。**
jiko ni atta.

完整句 私が交通事故に遭いました。
watashi ga ko-tsu-jiko ni aimashita.

聽 有沒有受傷？

けがとかありませんか。

說 可以幫我叫警察嗎？

迷你句 **警察呼んで。**
ke-satsu yonde.

完整句 警察を呼んでくれませんか。
ke-satsu wo yondekuremasenka?

聽 我馬上叫警察。

ただいま警察を呼びます。

說 我很遵守交通規則。

迷你句 **交通ルールを守っていた。**
ko-tsu-ru-ru wo mamotteita.

完整句 私は交通ルールを守っていました。
watashi wa ko-tsu-ru-ru wo mamotteimashita.

聽 還記得當時發生了什麼事嗎？

当時の状況を覚えていますか。

説 駕駛肇事逃逸了。

迷你句 **事故(じこ)を起(お)こしたドライバー、逃(に)げた。**

jiko wo okoshita doraiba-,nigeta.

完整句 交通事故(こうつうじこ)を起(お)こしたドライバーが逃(に)げました。

ko-tsu-jiko wo okoshita doraiba- ga nigemashita.

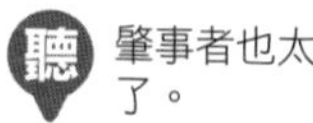

聽 肇事者也太沒良心了。

事故(じこ)を起(お)こした人(ひと)は良心(りょうしん)がなさずきる。

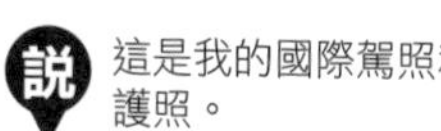

説 這是我的國際駕照和護照。

迷你句 **これが国際免許証(こくさいめんきょしょう)とパスポート。**

kore ga kokusaimenkyosho- to pasupo-to.

完整句 これが私の国際免許証(こくさいめんきょしょう)とパスポートです。

kore ga watashi no kokusaimenkyosho- to pasupo-to desu.

聽 請出示證件。

証明(しょうめい)を提示(ていじ)してください。

説 車子都被撞凹了。

迷你句 **車(くるま)がぶつけられ、凹(へこ)んだ。**

kuruma ga butsukerare,hekonda.

完整句 車(くるま)がぶつけられて、凹(へこ)んでしまいました。

kuruma ga butsukerarete,hekonde shimaimashita.

聽 全家都沒事就好。

家族(かぞく)のみんなも無事(ぶじ)でよかったです。

必學單字

01 追突(ついとつ)＝追撞
tsuitotsu

02 事故(じこ)＝車禍
jiko

03 国際免許証(こくさいめんきょしょう)＝國際駕照
kokusaimenkyosho-

04 無事(ぶじ)＝平安沒事
buji

必學會話｜16 車子拋錨 Track 068

説 我的車子爆胎了。

迷你句 **パンクした。**
pankushita.

完整句 パンクしました。
pankushimashita.

聽 總之先閃燈告知後面的車子。

必ず、灯を点灯して後ろの車に伝えましょう。

説 我的車子拋錨了。

迷你句 **私の車、壊れた。**
watashi no kuruma, kowareta.

完整句 私の車が故障してしまいました。
watashi no kuruma ga kosho-shite shimaimashita.

聽 先熄火吧。

まず車のエンジンを切ってください。

説 你有拖吊場的電話嗎？

迷你句 **レッカー車サービスの電話、ある？**
rekka- shasa-bisu no denwa,aru?

完整句 レッカー車サービスの電話を持っていますか。
rekka-shasa-bisu no denwa wo motteimasuka?

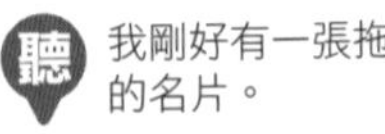

聽 我剛好有一張拖吊場的名片。

ちょうどレッカー車サービスの名刺を持っています。

説 引擎好像怪怪的。

迷你句 **エンジンの具合が悪そう。**
enjin no guai gawaruso-.

完整句 エンジンの具合が悪いのです。
enjin no guai ga waruinodesu.

聽 總之先把車停到路旁去。

とりあえず、車を道端に止めてください。

說 這附近有修車廠嗎？

迷你句 **ここは車の整備工場、ある？**
koko wa kuruma no se-biko-jyo-,aru?

完整句 この辺に自動車整備工場はありますか。
konohen ni jido-shase-biko-jyo- wa arimasuka.

聽 往前走十分鐘好像有修車廠。

前に十分歩くと、自動車整備工場があるらしいです。

說 這台車不是我的，是用租的。

迷你句 **これはレンタカー。**
kore wa rentaka-.

完整句 この車は私のではなくて、レンタカーです。
kono kuruma wa watashi no dewanakute,rentaka- desu.

聽 我覺得你該考慮買新車了。

そろそろ新車を考えたほうがいいと思います。

說 右邊的燈不亮。

迷你句 **右のライトがつかない。**
migi no raito ga tsukanai.

完整句 右のライトがつきません。
migi no raito gatsukimasen.

聽 我下車檢查看看。

私は車から降りてチェックしてみましょう。

必學單字

01 パンク＝爆胎
panku

02 具合＝狀況
guai

03 道端＝路邊
michibata

04 自動車整備工場＝修車廠
jido-shase-biko-jyo-

07 當地逛逛

常用句型＋實用替換字

可以預約 租車 嗎？

- レンタカー を予約(よやく)できますか。

rentaka- o yoyaku dekimasuka?

可替換字
1	導覽 ガイド（gaido）
2	單車 自転車(じてんしゃ)（jitensha）
3	語音導覽 音声(おんせい)ガイド（onsei gaido）

請告訴我一些 比較近 的景點。

- ここから近(ちか)い スポットを教(おし)えてください。

koko kara chikai supotto o oshiete kudasai.

可替換字
1	可以和小孩一起去 子供(こども)と一緒(いっしょ)に行(い)ける（kodomo to isshoni ikeru）
2	不需要門票 チケットがいらない（chiketto ga iranai）
3	有美食 おいしいものがある（oishii mono ga aru）

我想泡溫泉 ，可以去哪裡呢？

- 温泉(おんせん)に入(はい)りたい ですが、どこへ行(い)けばいいでしょうか。

onsen ni hairitai desuga, doko e ikeba ii desyouka?

可替換字
1	我想看祭典 祭(まつ)りに行(い)きたい（matsuri ni ikitai）
2	我想參加體驗活動 体験(たいけん)に参加(さんか)したい（taiken ni sanka shitai）
3	我想買伴手禮 お土産(みやげ)を買(か)いたい（omiyage o kaitai）

從這裡到 遊樂園 用走的可以到嗎？

- ここから 遊園地(ゆうえんち) までは歩(ある)いて行(い)けますか。

kokokara yuuenchi made wa aruite ikemasuka?

可替換字

1 | 東京迪士尼樂園 東京(とうきょう)ディズニーランド (toukyou dizuni-rando)

2 | 環球影城 ユニバーサルスタジオジャパン (yuniba-saru sutajio jyapan)

3 | 姬路城 姫路城(ひめじじょう) (himejijyou)

4 | 太宰府天滿宮 太宰府天満宮(だざいふてんまんぐう) (dazaifu tenmanguu)

5 | 道頓堀 道頓堀(どうとんぼり) (doutonbori)

不好意思，可以 幫我拍照 嗎？

- すみません、シャッターを押(お)して いただけませんか。

sumimasen, shatta- o oshite itadake masenka?

可替換字

1 | 幫我拍照 私(わたし)に写真(しゃしん)を撮(と)って (watashi ni shasin o totte)

2 | 和我一起拍照 私(わたし)と一緒(いっしょ)に写真(しゃしん)を撮(と)って (watashi to isshoni shashin o totte)

3 | 讓我拍照 私(わたし)に写真(しゃしん)を撮(と)らせて (watashi ni shashin o torasete)

可以 拍照 嗎？

- 写真(しゃしん)を撮(と)っても いいですか。

shashin o tottemo ii desuka?

可替換字

1 | 吃東西 食(た)べ物(もの)を食(た)べても (tabemono o tabetemo)

2 | 喝水 水(みず)を飲(の)んでも (mizu o nondemo)

3 | 坐在這裡 ここに座(すわ)っても (kokoni suwattemo)

4 | 寄放行李 荷物(にもつ)を預(あず)けても (nimotsu o azuketemo)

5 | 問一個問題 質問(しつもん)を聞(き)いても (shitsumon o kiitemo)

我想參加　祭典　，要怎麼報名呢？

- **祭り　に参加したいですが、どうやって申し込みますか。**

matsuri ni sanka shitai desuga, douyatte moushikomi masuka?

可替換字	
1	這個行程　このツアー（kono tsua-）
2	這個體驗活動　この体験（kono taiken）
3	盂蘭盆節舞蹈大會　盆踊り大会（bonodori taikai）

現在還有　櫻花祭　嗎？

- **今はまだ　桜まつり　がありますか。**

imawa mada　sakura　matsuri ga arimasuka?

可替換字	
1	煙火大會　花火大会（hanabi taikai）
2	祇園祭　祇園祭り（gion matsuri）
3	女兒節祭典　ひな祭り（hina matsuri）
4	雪祭　雪まつり（yuki matsuri）

有　特別推薦　的行程嗎？

- **おすすめな　ツアーはありますか。**

osusumena　tsua- wa arimasuka?

可替換字	
1	適合情侶　カップルにあう（kappuru ni au）
2	適合家人　家族にあう（kazoku ni au）
3	適合學生　学生にあう（gakusei ni au）
4	便宜　安い（yasui）
5	適合年長者　年寄りにあう（toshiyori ni au）

請給我三張 成人票 。

- **大人のチケット を3枚ください。**

otona no chiketto o sanmai kudasai.

可替換字
1 | 兒童票 子供のチケット（kodomo no chiketto）
2 | 老人票 年寄りのチケット（toshiyori no chiketto）
3 | 快速通關券 エクスプレスパス（ekusupuresu pasu）

已經訂票了 ，但有些問題。

- **確かに予約しました が、ちょっと問題がありまして。**

tashikani yoyaku shimashita ga, chotto monndai ga arimashite.

可替換字
1 | 已經買票了 チケットを買いました（chiketto o kaimashita）
2 | 已經取得快速通關券了 ファーストパスを取りました（fa-suto pasu o torimashita）
3 | 已經入園了 遊園地に入りました（yuuenchi ni hairimashita）

我迷路了 ，怎麼辦才好？

- **道に迷いました が、どうすればいいですか。**

michi ni mayoi mashita ga, dousureba ii desuka?

可替換字
1 | 我弄丟門票了 チケットを失くしました（chiketto o nakushimashita）
2 | 我把東西忘在博物館內
物を博物館に落としました（mono o hakubutsukan ni otoshimashita）
3 | 我的護照在旅館裡
パスポートはホテルにおいてしまった（pasupo-to wa hoteru ni oite shimatta）

必學會話｜01 遊客中心 Track 070

說 遊客中心在哪裡？

迷你句 **観光案内所はどこ？**
kanko-annaijo wa doko?

完整句 観光案内所はどこですか。
kanko-annaijo wa doko desuka?

聽 在那棟紅色建築物的一樓。

あそこの赤いビルの一階にあります。

說 有觀光行程的手冊嗎？

迷你句 **観光ツアーのパフレットはある？**
kanko- tsua- no panfuretto wa aru?

完整句 観光ツアーのパフレットはありますか。
kanko-- tsua- no panfuretto wa arimasuka?

聽 有的，就放在那邊。

はい、そこに置いてあります。

說 現在還可以預約去北海道看雪的行程嗎？

迷你句 **今も北海道の雪ツアー、予約できる？**
ima mo hokkaido- no yuki tsua-,yoyaku dekiru?

完整句 北海道で雪を見るパッケージツアーは今からでも予約できますか。
hokkaido- de yuki wo miru pakke-jitsua- wa imakara demo yoyaku dekimasuka?

聽 報名截止日期為下周三。

予約の締め切りは来週の水曜日です。

說 B方案的報名截止日期是什麼時候？

迷你句 **Bコースの予約、いつまで？**
B ko- su no yoyaku,itsu made?

完整句 Bコースの予約締め切りはいつまででしょうか。
B ko- su no yoyaku shimekiri wa itsu made desho-ka.

聽 B方案隨時都可以報名。

Bコースの予約はいつでもできます。

說 有導覽地圖嗎？

迷你句 **観光地図はある？**
kanko-chizu wa aru?

完整句 観光地図をいただけませんか。
kanko-chizu wo itadakemasenka?

聽 中文版的比較好嗎？ 中国語のほうがいいですか。

說 這個行程有會講中文的導遊嗎？

迷你句 **このツアー、中国語ができるガイド付く？**
konotsua-, chu-gokugo ga dekiru gaido tsuku?

完整句 中国語のガイドが付くツアーがありますか。
chu-gokugo wo hanasu koto ga dekiru gaido ga tsukutsua- wa arimasuka?

聽 您可以參考這個觀光行程。 このツアーを参考にしてみてください。

說 這個遊客中心開到幾點？

迷你句 **この案内所は何時まで？**
konoannaijo wa nanji made?

完整句 この案内所は何時まで開いていますか。
konoannaijo wa nanjimade aite imasuka?

聽 我們營業至六點半。 六時まで開いています。

必學單字

01 案内所＝遊客諮詢中心
annaijo

02 パフレット＝手冊
pafuretto

03 締め切り＝截止日期
shimekiri

04 ビル＝大樓
biru

說 幫我拍照。

迷你句 **私の写真を撮って。**
watashi no shashin wo totte.

完整句 写真を撮ってくれませんか。
shashin wo totte kuremasenka.

聽 這樣可以嗎？

これでよろしいでしょうか。

說 一起拍吧。

迷你句 **一緒に写真を撮ろう。**
isshoni shashin wo toro-.

完整句 一緒に写真を撮りましょう。
isshoni shashin wo torimasho-.

聽 來，笑一個。

はい、チーズ。

說 請按這個按鈕。

迷你句 **このボタンを押す。**
kono botan wo osu.

完整句 このボタンを押してください。
kono botan wo oshite kudasai.

聽 快門是哪一個按鈕？

シャッターはどれですか。

說 要把後面的招牌也照進去喔！

迷你句 **後ろの看板も撮って。**
ushiro no kanban mo totte.

完整句 後ろの看板も一緒に写してください。
ushiro no kanban mo isshoni utsushite kudasai.

聽 我覺得站在這邊照比較好看。

写真を撮るなら、ここで立ったほうがいいと思います。

說 可以再拍一次嗎？

迷你句 もう一回撮って。
mo- i kkai totte.

完整句 もう一度撮っていただけませんか。
mo- ichido totte itadakemasenka.

聽 啊！不小心拍到別人了。

あ！ほかの人を撮ってってしまいました。

說 我想要在這邊拍紀念照。

迷你句 ここで写真撮りたい。
ko ko de shashin toritai.

完整句 ここで記念写真を撮ろうと思います。
koko de kinenshashin wo toro- to o moimasu.

聽 這個角度不錯。

この角度がいいと思います。

說 請幫我拍直的。

迷你句 縦で撮る。
tate de toru.

完整句 縦で撮ってください。
tate de totte kudasai.

聽 請問是要直的拍還是橫著拍？

縦で撮りますか、それとも、横で撮りますか。

必學單字

01 写真＝照片
shashin

02 シャッター＝快門
shatta-

03 縦＝直
tate

04 押す＝按
osu

Track 072

說 有學生票嗎？

迷你句 **学割、ある？**
gakuwari, aru?

完整句 学割切符はありますか。
gakuwari kippu wa arimasu ka.

聽 有的，請出示學生證。

はい、学生証を提示してください。

說 兩張成人票。

迷你句 **大人2枚。**
otona nimai.

完整句 大人2枚ください。
otona nimai kudasai.

聽 請問有幾個人？

何名さまですか。

說 可以在網路上預約嗎？

迷你句 **ネットで、切符を予約できる？**
netto de,kippu wo yoyaku dekiru?

完整句 先にネットで切符を予約することができますか。
saki ni netto de kippu wo yoyaku suru koto ga dekimasu ka.

聽 目前未開放網路訂票，只能在現場購買。

今はネットで切符を予約できなくて、現場でしか切符を買えません。

說 入場費多少錢？

迷你句 **入場料はいくら？**
nyu-jyo-rryo- wa ikura?

完整句 入場料はいくらですか。
nyu-jyo-ryo- wa ikuradesuka?

聽 請問有幾個人？

何人ですか。

說 團體票有比較便宜嗎？

迷你句 **団体切符、もっと安い？**

dantaikippu, motto yasui?

完整句 団体切符のほうが安いでしょうか。

dantaikppu no ho- ga yasui de sho- ka?

聽 買團體票二十張以上。每張可以便宜一百日圓。

二十枚以上の団体切符を買えば、一枚百円を割引します。

說 幾歲可以買優待票？

迷你句 **何歳から割引切符買える？**

nansai kara waribiki kippu kaeru?

完整句 何歳から割引切符を買うことができますか。

nansai kara waribiki kippu wo kau koto ga dekimasuka?

聽 六十歲以上的年長者可以買優待票。

六十歳以上の人なら、割引切符が買えます。

說 在哪裡可以買到票？

迷你句 **チケットはどこで買える？**

chiketto wa doko de kaeru?

完整句 チケットはどこで買えますか。

chiketto wa doko de kaemasuka?

聽 可以在那邊的櫃檯買到。

そこの受付で買えます。

必學單字

01 学割＝學生優待

gakuwari

02 入場料＝入場費

nyu-jyo-ryo-

03 ネット＝網路

netto

04 安い＝便宜的

yasui

說 博物館內有會說中文的導覽員嗎？

迷你句 **博物館に中国語のガイドいる？**

hakubutsukan ni chu- gokugo no gaido,iru?

完整句 博物館内に、中国語を話すことができる方はいらっしゃいますか。

hakubutsukan naini chu-gokugo wo hanasu koto ga dekiru kata wa irasshaimasuka?

聽 九點的時候有中文的導覽員解說。

九時には中国語のガイドが解説致します。

說 有中文的手冊嗎？

迷你句 **中国語のパンフレット、ある？**

chu- gokugo no panfuretto,aru?

完整句 中国語のパンフレットはありますか。

chu-gokugo no panfuretto wa arimasuka?

聽 很抱歉，目前手冊只有英、日文兩種語言。

申し訳ございません。今は英語と日本語のパンフレットしかありません。

說 十月有哪些展覽主題？

迷你句 **十月にどんな展覧主題ある？**

jyu- gatsu ni donna tenranshudai a ru?

完整句 十月はどのような主題の展覧会がありますか。

jyu-gatsu wa donoyo-na shudai no tenrankai ga arimasuka?

聽 十月將展出印象派畫家的作品。

十月には印象派の画家の作品が展示されます。

說 幾點閉館？

迷你句 **閉館時間は何時？**

he-kanjiikan wa nanji?

完整句 閉館時間は何時ですか。

he-kanjikan wa itsudesu ka?

聽 因為今天是星期四，所以是五點半關門。

今日は木曜日なので閉館時刻は5時半となっています。

問 下一次的播放時間是幾點？

迷你句 **次の放送、何時？**
tsugi no ho-so-,nanji?

完整句 次の放送時間は何時でしょうか。
tsugi no ho- so- ji kan wa nanji desho- ka?

聽 這是今天的最後一場表演。

これは、今日の最後のパフォーマンスです。

問 這張票可以參觀所有展覽嗎？

迷你句 **このチケットで全部見られる？**
Kono chiketto de zenbu mireru?

完整句 このチケットですべての展示が見られますか。
kono chiketto de subete no tenji ga miraremasu ka?

聽 參觀非常設展的需要額外的費用。

特別展の観覧は別料金となります。

問 請寄放您的包包。

迷你句 **荷物を預かってくれる。**
nimotsu wo azukatte kureru?

完整句 荷物を預かってください。
nimotsu wo azukatte kudasai.

聽 這是您的寄物證。

これが荷物の預り証です。

必學單字

01 ガイド＝導覽，導遊
gaido

02 パフォーマンス＝表演
pafo-mansu

03 預かる＝寄放
azukaru

04 チケット＝票
chiketto

必學會話｜05 詢問旅遊行程 Track 074

說 有夜間行程嗎？

迷你句 **夜のツアーはある？**
yoru no tsua- wa aru?

完整句 夜のツアーがありますか。
yoru no tsua- wa arimasuka?

聽 有包含東京鐵塔夜景的行程。

東京タワーの夜景を含むツアーがあります。

說 這個組合有附餐嗎？

迷你句 **このセットに食事が付いている？**
kono setto ni shokuji ga tsuiteiru?

完整句 このセットに食事は付いていますか。
kono setto ni shokuji wa tsuiteimasuka?

聽 是的，含有晚餐和早餐。

はい、夕食と朝食が付いています。

說 可以吃到螃蟹的溫泉旅行有打折嗎？

迷你句 **カニを食べる温泉旅行で割引はある？**
kani wo taberu onsenryoko- de waribiki wa aru?

完整句 カニを食べる温泉旅行という特別パッケージツアーはありますか。
kani wo taberu onsenryoko- toiu tokubetsu pakke-jitsua- wa arimasuka?

聽 這家旅行社安排的北海道之旅還不錯。

この旅行会社が手配した北海道旅行は悪くないと思います。

說 有可以購物的時間嗎？

迷你句 **買い物をする時間がある？**
kaimono wo suru jikan ga a ru?

完整句 買い物をする時間はありますか。
kaimono wo suru jikan wa arimasuka?

聽 這個行程裡整天都是自由時間。

このツアーでは一日中、自由に行動できます。

可以換掉玩水的行程嗎？

迷你句 **水遊びは嫌、ほかにして。**
mizuasobi wa iya,hoka ni shite.

完整句 水遊びをほかに変えませんか。
mizuasobi wo hokani kaemasenka?

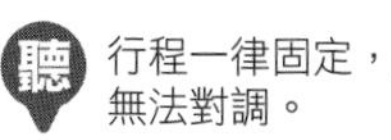
行程一律固定，所以無法對調。

予定は全て決まっているので、変更できません。

想去東京看櫻花。

迷你句 **東京へ行って桜見たい。**
to-kyo- e, itte sakura mitai

完整句 東京へお花見に行きたいと思います。
to- kyo- e, o hanami ni ikitai to omoimasu.

你可以考慮參加貴婦團。

セレブのパッケージツアーを考えてみてください。

我們想要去畢業旅行，可以幫我們安排嗎？

迷你句 **卒業旅行を手配してくれる？**
sotsugyo- ryoko- wo tehaishi te kureru?

完整句 私は卒業旅行を行きたいです。手配してくれませんか。
watashi wa sotsugyo-ryoko- ni ikitai desu,tehaishite kuremasenka?

畢業旅行的話去東京還不錯。

卒業旅行だったら、東京は悪くないと思います。

必學單字

01 ツアー ＝行程
tsua-

02 食事＝餐飲
shokuji

03 水遊び＝玩水
mizuasobi

04 手配＝安排
tehai

必學會話｜06 詢問行程天數 Track 075

説 兩天一夜的沖繩旅行會不會太趕？

迷你句 **一泊二日の沖縄旅行、忙しくない？**

ippakufutsuka no okinawa ryoko-, isogashikunai?

完整句 沖縄旅行で1泊2日はハード忙しいのではないでしょうか。

okinawa ryoko- de ippaku futsuka wa ha-do isogashi inodewanai desho-ka?

聽 若是去沖繩旅行我想三天兩夜是很足夠的。

沖縄旅行だったら、二泊三日で十分だと思います。

説 有一天來回的行程嗎？

迷你句 **一日のツアーはある？**

ichinichi no tsua-ha aru?

完整句 一日のツアーはありますか。

ichinichi notsua- wa arimasuka?

聽 您希望大概幾點回來呢？

何時ごろのお帰りをご希望とされていますか。

説 有到日本九州五天四夜的行程嗎？

迷你句 **日本九州の旅、四泊五日がある？**

nihon kyu-shu- no tabi, yonhakui tsuka ga aru?

完整句 九州で4泊5日の旅行はありますか。

kyu-shu- de yonhaku itsuka no ryoko- wa arimasuka?

聽 如果是北海道，四天三夜我認為不夠。

北海道だったら、三泊四日は足りないと思います。

説 那個四國的行程是幾天？

迷你句 **その四国のパックは何日間？**

sono shikoku no pakku wa nannijiikan?

完整句 その四国のパックは何日間ですか。

sono shikoku no pakku wa nannitikan desuka?

聽 這套行程是三天兩夜。

このパックは2泊3日です。

說 一個星期的國外旅行有哪些行程？

迷你句 **一週間の海外旅行ではどんなものがある？**

isshu-kan no kaigairyoko- de wa donnamono ga aru?

完整句 一週間の海外旅行ではどのようなものがありますか。

isshu-kan no kaigairyoko- dewa donoyo-namono ga arimasuka?

聽 您想要去哪裡呢？

どこに行きたいですか。

說 第三天跟第二天的行程可以對調嗎？

迷你句 **三日目と二日目交換できる？**

mikkame to futsukame ko-kandekiru?

完整句 三日目の予定と二日目の予定の入れ替えはできますか。

mikkame no yotei to futsukame no yote-no irekae wa dekimasuka?

聽 因為交通的問題所以無法對調。

交通問題で、予定は交換できません。

說 有沒有半天的行程可以推薦？

迷你句 **お薦めの半日コースある？**

osusume no hanniji ko-su aru?

完整句 半日コースでお薦めはありますか。

hanniji ko-su de osusume wa arimasuka?

聽 您覺得這個做麻糬的體驗如何？

このもち作り体験コースはどうですか。

必學單字

01 パック＝包裝行程

pakku

02 コース＝套裝行程

ko-su

03 海外旅行＝國外旅行

kaigairyoko-

04 もち作り＝搗麻糬

mochidukuri

必學會話｜07 詢問旅遊費用

說 現在是淡季，不能更便宜一點嗎？

迷你句 **オフシーズンで、安くならない？**

ofushi- zun de,yasuku naranai?

完整句 この時期はオフシーズンなので、もう少し安くできませんか。

kono jiki wa ohushi-zun nanode,mo-sukoshi yasuku dekimasenka?

聽 以淡季來說，真的有點貴。

オフシーズンだったら、確かに高いです。

說 費用是多少錢？

迷你句 **料金はいくら？**

ryo-kin wa ikura?

完整句 料金はいくらですか。

ryo-kin wa ikura desuka?

聽 一個人是23800日圓。

一人で23800円です。

說 有包含門票嗎？

迷你句 **入場料は含まれている？**

nyu-jyo-ryo- wa fukumareteiru?

完整句 このセットに入場料は含まれていますか。

kono setto ni wa nyu-jyo-ryo- wa fukumarete imasuka?

聽 雖然沒有包含入場費，但是附上門票的折價卷。

入場料は含まれていないですが、割引券が付いています。

說 滿幾個人報名可享優惠？

迷你句 **何人で予約をすると特典がある？**

nannin de yoyaku wo suru to tokuteng ga aru?

完整句 何人でツアーに予約をすると、特典がありますか。

nanninde tsua-ni yoyaku wo suru to,tokuten ga arimasuka?

聽 十五人以上就可享團報優惠。

15人以上でしたら特典が付いてきます。

說 這是普通的價格嗎？

迷你句 **この価格は普通？**

kono kakaku wa futsu-?

完整句 この価格は普通ですか。

kono kakaku wa futsu- desuka?

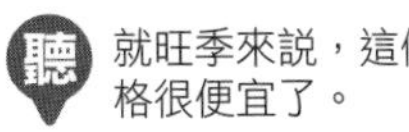

聽 就旺季來說，這個價格很便宜了。

忙しいシーズンだったら、このプライスはもう安いです。

說 我想取消八月的關西行程。

迷你句 **八月の関西旅行、キャンセル。**

hachigatsu no kansai ryoko- , kyanseru.

完整句 八月の関西旅行をキャンセルしたいと思います。

hachigatsu no kansai ryoko- wo kyanseru shi ta i to o moi masu.

聽 提前十五天取消，可退還 30% 的訂金。

出発日から 15 日前のキャンセルでしたら、前金の 30% のみしか返金できません。

說 四萬日圓足夠四天三夜的旅行嗎？

迷你句 **4 万円で 三泊四日の旅行はできる？**

yonmanen de sabakuyokka no ryoko- wa dekiru?

完整句 4 万円で 三泊四日の旅行はできますか。

yomanen de sabakuyokka no ryoko- wa dekimasuka?

聽 是否有預算的限制呢？

予算はありますか。

必學單字

01 オフシーズン＝淡季
ofushi-zun

02 割引券＝折價卷
waribikiken

03 プライス＝價格
puraisu

04 返金＝退錢
henkin

必學會話｜08 參加當地觀光行程 Track 077

說 營火晚會幾點開始？

迷你句 **キャンプファイアー、何時から？**
kyan pufaia-, nanji kara?

完整句 キャンプファイアーは何時から始まりますか。
kyanpufai a- wa nanj i kara hajimar i masuka.

聽 六點請在此集合。

六時にここに集合してください。

說 第一次衝浪。

迷你句 **サーフィン初めて。**
sa- fin hajime te.

完整句 サーフィンをすることは初めてです。
sa- fin wo suru koto wa hajimete desu.

聽 不用太擔心，衝浪其實很簡單。

心配しないでください。サーフィンは実際は簡単ですから。

說 大概會在這邊停留多久？

迷你句 **ここでどのぐらい止まる？**
koko de donogurai tomaru.

完整句 ここでどのぐらい止まりますか。
koko de donogurai tomarimasuka.

聽 預定在此停留兩小時。

ここに止まる時間は2時間となっています。

說 滑雪時應該注意些什麼？

迷你句 **スキーに、何を注意する？**
su ki- ni,nani wo chu- isuru?

完整句 スキーをするときは、何を注意しなければいけませんか。
suki- wo suru toki wa,nani wo chu-ishinakereba ikemasenka?

聽 滑雪時一定要穿滑雪裝。

スキーをするとき、必ずスキーウェアを着用してください。

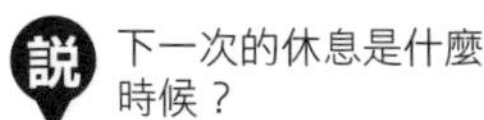

說 下一次的休息是什麼時候？

迷你句 **次のトイレ休憩はいつ？**
tsugi no toirekyu-kei wa itsu

完整句 次のトイレ休憩はいつですか。
tsugi no toirekyu-kei wa itsudesuka

聽 20分鐘後會抵達下一個休息站。

後20分で次のパーキングエリアに到着します。

說 不會游泳也可以潛水嗎？

迷你句 **泳げなくても、ダイビングできる？**
oyogenakutemo to, daibingu dekiru?

完整句 泳ぐことができない人でも、ダイビングをすることはできますか。
oyogukoto ga deki nai hito demo,daibingu wo surukoto wa dekimasuka?

聽 不會游泳的人也是可以潛水。

泳げない人でもダイビングできます。

說 從哪裡出發呢？

迷你句 **どこから出発する？**
doko kara shuppatsu suru?

完整句 どこから出発しますか。
doko kara shuppatsu shimasuka?

聽 從那邊的巴士轉運站出發。

そこのバスセンターから出発します。

必學單字

01 キャンプファイアー＝營火晚會
kyanpufaia-

02 サーフィン＝衝浪
sa-fin

03 スキー＝滑雪
suki-

04 ダイビング＝潛水
daibingu

必學會話｜09 買票問題 Track 078

問 為什麼先讓插隊的人買票？

迷你句 何で割り込んだ人に先に買わせる？
nan de ni warikonda hi to ni saki kawaseru?

完整句 なぜ割り込みをした人にチケットを販売したのですか。
naze warikomi wo shita hito nichiketto wo hanbai shita nodesuka?

答 請您重新排隊買票。

列に並びなおして、チケットを買ってください。

問 為什麼不能退票？

迷你句 何でチケットを払い戻せないの？
nande chiketto wo haraimodosenai no?

完整句 なぜチケットの払い戻しができないのですか。
naze chiketto no haraimodoshi ga dekinainodesuka?

答 門票一旦售出，恕不退票。

販売したチケット払い戻す事ができません。

問 我投了錢進去，但是自動售票機沒有出票。

迷你句 自動発券機に硬貨を入れたが、出ない。
jido-hakkenki ni ko-ka wo iretaga,denai

完整句 自動発券機に硬貨を入れたのに出てきません。
jido-hakkenki ni ko-ka wo iretanoni detekimasen

答 那邊的窗口可以退還你的錢。

そこの窓口でお金を返すことができます。

問 可以再進場嗎？

迷你句 もう一度入場していい？
mo-ijido nyu-jyo- shitei-?

完整句 もう一度入場してもいいですか。
mo-ijido nyu-jyo- shitemoi-desuka.

答 這張票今天之內都有效。

このチケットは一日中有効となっています。

問 票價和旅行社提供的不一樣。

迷你句 **切符のお金は旅行会社が言うのと違う。**

kippu no okane wa ryoko- gaisha ga iu no to chigau.

完整句 切符の価格が旅行会社の人が言っていた価格と違います。

Kippu no kakaku ga ryoko- gaisha no hito ga itteita kakaku to chi-gaimasu.

答 不好意思，票價以現場公告為主。

申し訳ございません。チケットプライスは現場の公告を参考してください。

問 買到黃牛票了。

迷你句 **ダフチケットを買った。**

dafu chiketto wo katta.

完整句 ダフ屋からチケットを買ってしまいました。

dafuya kara chiketto wo katte shimaimashi ta.

答 門票一旦售出，不得轉讓。

販売したチケットは譲渡するはできません。

問 我把票忘在旅館了。

迷你句 **ホテルにチケットを忘れた。**

hoteru ni chiketto wo wasureta

完整句 ホテルにチケットを置き忘れてしまいました。

hoteru ni chiketto wo okiwasure teshimaimashita.

答 不好意思，麻煩妳再重新買票。

すみませんが、チケットを買いなおしてください。

必學單字

01 割り込み＝插隊
warikomi

02 チケット＝票
chiketto

03 硬貨＝零錢
ko-ka

04 払い戻す＝退票
haraimodosu

08 Shopping最開心

常用句型＋實用替換字

Track 07

請問 這間店 的營業時間為幾點到幾點？

- この店の営業時間は何時から何時までですか。

kono mise no eigyou jikan wa nanji kara nanji made desuka?

可替換字

1 | 這家百貨公司　このデパート（kono depa-to）
2 | 附近的藥妝店　近くのドラッグストア（chikaku no doraggu sutoa）
3 | 這家免稅店　この免税店（kono menzeiten）

這附近有 適合男性 的百貨公司嗎？

- この近くに男性にあうデパートがありますか。

kono chikakuni dansei ni au depa-to ga arimasuka?

可替換字

1 | 女性喜歡　女性が好きな（josei ga sukina）
2 | 適合孩童　子供にあう（kodomo ni au）
3 | 有打折　セールがある（se-ru ga aru）

熟食販賣處 在哪裡呢？

- 惣菜売り場はどこにありますか。

sou zai uriba wa doko ni arimasuka?

可替換字

1 | 超市　スーパー（su-pa-）
2 | 女裝部門　婦人服売り場（fujin fuku uriba）
3 | 書店　本屋（honya）
4 | 玩具賣場　おもちゃ売り場（omocha uriba）
5 | 試衣間　試着室（shichaku shitsu）

我想買 化妝品 。

- 化粧品（けしょうひん）を買（か）いたいです。

keshouhin o kaitai desu.

可替換字

1｜乳液　ローション（ro-shon）
2｜粉底　ファンデーション（fande-shon）
3｜口紅　口紅（くちべに）（kuchibeni）
4｜護手霜　ハンドクリーム（hando kuri-mu）
5｜防曬乳　日焼（ひや）け止（ど）め（hiyakedome）

罐頭 可以帶回台灣嗎？

- 缶詰（かんづめ）は台湾（たいわん）へ持（も）って帰（かえ）ってもいいですか。

kan zume wa Taiwan e motte kaettemo ii desuka?

可替換字

1｜火腿　ハム（hamu）
2｜乳酪　チーズ（chi-zu）
3｜明太子　明太子（めんたいこ）（mentaiko）
4｜螃蟹　かに（kani）
5｜水果　果物（くだもの）（kudamono）

吹風機 可以在台灣使用嗎？

- ドライヤー は台湾（たいわん）での使用（しよう）ができますか。

doraiya- wa Taiwan deno shiyou ga dekimasuka?

可替換字

1｜暖爐　ストーブ（suto-bu）
2｜空氣清淨機　空気清浄機（くうきせいじょうき）（kuuki seijouki）
3｜加濕器　加湿器（かしつき）（kashitsuki）
4｜吸塵器　掃除機（そうじき）（soujiki）
5｜微波爐　電子（でんし）レンジ（denshi renji）

這個商品可以 退貨 嗎？

- **この商品（しょうひん）は 返品（へんぴん） ができますか。**

kono shouhin wa henpin ga dekimasuka?

可替換字

1 | 換貨 交換（こうかん）（koukan）

2 | 免稅 免税（めんぜい）（menzei）

3 | 預購 予約（よやく）（yoyaku）

不好意思，請問有 更大一點的 嗎？

- **すみません、もっと大（おお）きいの がありますか。**

sumimasen, motto ookii no ga arimasuka?

可替換字

1 | 更小一點的 もっと小（ちい）さいの（motto chiisai no）

2 | 其他顏色 ほかの色（いろ）（hokano iro）

3 | 適合小孩的尺寸 子供（こども）にあうサイズ（kodomo ni au saizu）

有護照 的話有折扣嗎？

- **パスポートがあれば もっと安（やす）くになりますか。**

pasupo-to ga areba motto yasuku ni narimasuka?

可替換字

1 | 有 VISA 卡 VISA カードがあれば（VISA ka-do ga areba）

2 | 有這張優惠券 このクーポンがあれば（kono ku-pon ga areba）

3 | 用現金付款 現金（げんきん）で払（はら）うなら（genkin de harau nara）

金額　好像有點錯誤。

- **金額（きんがく） はちょっと違（ちが）います。**

kingaku wa chotto chigai masu.

可替換字

1 | 免稅的金額　免税（めんぜい）の金額（きんがく）（menzei no kingaku）

2 | 找的錢　おつり（otsuri）

3 | 這個商品的價格　この商品（しょうひん）の価格（かかく）（kono shouhin no kakaku）

可以寄到 台灣 嗎？

- **台湾（たいわん） まで送（おく）っていただけませんか。**

taiwan made okutte itadakemasenka?

可替換字

1 | 國外　海外（かいがい）（kaigai）

2 | 北海道　北海道（ほっかいどう）（hokkaido）

3 | 沖繩　沖縄（おきなわ）（okinawa）

4 | 機場　空港（くうこう）（kuukou）

5 | 指定的車站　特定（とくてい）の駅（えき）（tokutei no eki）

店員不了解商品　，讓我感到困擾。

- **店員（てんいん）が商品（しょうひん）に詳（くわ）しくないから 、困（こま）ります。**

tenin ga shouhin ni kuwashikunai kara,　komari masu.

可替換字

1 | 東西太少　商品（しょうひん）は少（すく）なすぎて（shouhin wa sukuna sugite）

2 | 服務態度不好　店員（てんいん）の態度（たいど）が悪（わる）くて（tenin no taido ga warukute）

3 | 價格太貴　値段（ねだん）が高（たか）すぎて（nedan ga takasugite）

必學會話｜01 店家營業時間／位置　Track 080

問　新年的時候，商店會開嗎？

迷你句　**お正月に、ショップ開く？**
osho-gatsu ni, shoppu aku?

完整句　お正月のときに、商店は営業するのでしょうか。
osho-gatsu no toki ni, sho-ten wa eigyo-suru no desho-ka.

答　新年照常營業。

お正月もいつも通り営業しています。

問　公休日是什麼時候？

迷你句　**定休日はいつ？**
te-kyu-bi wa itsu?

完整句　定休日はいつですか。
te-kyu-bi wa itsudesuka?

答　每個月的十五號。

毎月15日です。

問　請問松本藥妝店營業到幾點？

迷你句　**マツモトキヨシ、何時まで？**
matsumotokiyoshi, nanji made?

完整句　マツモトキヨシの営業時間はいつまでですか。
matsumotokiyoshi no e-gyo- jikan wa itsu made desuka?

答　營業時間是早上九點到晚上十點。

営業時間は朝の九時から夜の十時までです。

問　前面直走，右轉就到了嗎？

迷你句　**まっすぐ行って、右に曲がると着くの？**
masssugu itte, migi ni magaru to tsuku no?

完整句　この道をまっすぐ行って、そしてあの角を右に曲がってから、到着するのでしょうか。
kono michi wo massugu it te,soshi te ano kado wo migi ni magat tekara,to-chakusuru no desho-ka.

答　那家店就在金澤車站旁邊。

あの店は金沢駅のそばにあります。

問 明天幾點開店？

迷你句 **明日何時から開店？**

shita itsu kara kaiten?

完整句 明日の開店時間は何時ですか。

ashita no kaitenjikan wa itsudesuka

答 我們星期日不開店。

明日は日曜日なので、休業となっています。

問 這家店只有這邊有？

迷你句 **店はここだけ？**

mise wa koko dake?

完整句 お店はここだけしかありませんか。

omise wa koko dake shika arimasenka?

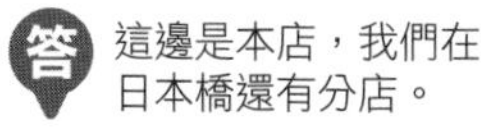

答 這邊是本店，我們在日本橋還有分店。

ここは本店なのですが、日本橋にも店があります。

問 請問伊勢丹百貨新宿店怎麼走？

迷你句 **伊勢丹新宿店、どこ？**

isetanshinjyukuten, doko?

完整句 伊勢丹デパートの新宿店はどうやって行けばいいのでしょうか。

isetandepa-to no shinjyukuten wa doyatte ikebaii no desho-ka?

答 那家店就在難波車站對面。

あの店が難波駅の向こうにあります。

必學單字

01 定休日＝公休日

te-kyu-bi

02 休業＝商店休息

kyu-gyo-

03 角＝轉角

kado

04 向こう＝對面

muko-

問 有沒有相同款式，不同花樣的呢？

迷你句 **同じ形、違う柄の物がほしい。**
onaji katachi, chigau gara no mono ga hoshii.

完整句 この形と同じで、柄が違うのはありますか。
kono katachi to onaji de, gara ga chigau no waarimasuka.

答 我幫您找找看。

探してみます。

問 有沒有更亮的顏色？

迷你句 **もっと明るいの、ある？**
motto akarui no,aru?

完整句 もっと明るい色はありますか。
motto akarui iro wa arimasuka?

答 這是現在很流行的顏色。

この色は今流行しています。

問 我想要淺一點的紫色。

迷你句 **薄い紫のください。**
usuimurasaki no kudasai.

完整句 薄い紫色のものがほしいです。
usuimurasakiiro no monoga hoshii desu.

答 這個款式的洋裝只有深藍色。

このデザインのワンピースは紺色しかありません。

問 款示只有這些嗎？

迷你句 **デザインはこれだけ？**
dezain wa kore dake?

完整句 デザインはここにあるものだけですか。
dezain wa koko ni aru mono dake desuka?

答 特價品全部都在這裡了。

特売の商品はこちらにしかありません。

我不喜歡雪紡紗的衣服，有別種材質的嗎？

迷你句 **シフォンの服は嫌、ほかある？**

shihon no fuku ha iya, hoka aru?

完整句 シフォンで作った服は嫌で、ほかの生地がありますか。

shifon de tsukutta fuku wa iyade, hoka no kiji ga arimasuka.

這件衣服是 100% 純棉的，穿了不會過敏。

これは 100 パーセントの綿毛で、かぶれません。

問 這個保溫杯，是台灣製造的嗎？

迷你句 **この保温コップ、台湾製なの？**

kono hoonkoppu, taiwansei nano?

完整句 この保温コップは台湾製のでしょうか。

kono hoonkoppu wa taiwansei no desho-ka.

答 這是台灣製造的。

これは台湾製の商品です。

問 這個包包是真皮的嗎？

迷你句 **このかばん、本革？**

kono kaban,honkawa?

完整句 このかばんは本革ですか。

kono kaban wa honkawa desuka?

答 這個包包是小牛皮做的。

このかばんは子牛の皮で作りました。

必學單字

01 柄（がら）＝花樣
gara

02 生地（きじ）＝質料
kiji

03 かばん＝包包
kaban

04 本革（ほんかわ）＝真皮
honkawa

必學會話｜03 購買化妝品（保養品）

Track 082

問 日本品牌的化妝品都是在日本製造的嗎？

迷你句 **日本のブランドの化粧品は、全部日本で作ってあるの？**

nihon no burando no kesho-hin wa ,zenbu nihon de tsukuttearuno?

完整句 日本のブランドの化粧品は、全て日本でつくられたものですか。

nihon no burando no kesho-hin wa,subete nihon de tsukurareta mono desuka?

答 日本品牌的產品不一定都是在日本製造。

日本ブランドの商品が日本で製造したとは限りません。

問 我想要可以遮黑眼圈的產品，有推薦的嗎？

迷你句 **くまを隠すのにお薦めは？**

kuma wo kakusu noni osusume wa?

完整句 くまを隠したいですが、お薦めの商品はありますか。

Kuma wo kakushitaino desuga ,osusume no sho-hin wa arimasuka?

答 你可以試試看這個遮瑕膏。

このコンシーラーを試してみてください。

問 這兩種乳液有什麼不同。

迷你句 **こちらのローション、どこ違うの？**

kochira no ro-shon, doko chigau no?

完整句 この二つのローションは何は違うのですか。

kono futatsu no ro-shon wa nani wa chigau no desuka.

答 油性膚質的話，比較適合這一款。

脂性肌なら、こちらのほうがいいです。

問 我希望眼睛看起來大一點。

迷你句 **目を大きく見せたい。**

me wo o-kiku misetai.

完整句 目を大きく見せたいのですが。

me wo o-kiku misetaino desuga.

答 用了這個假睫毛再加上睫毛膏會很有效。

この付けまつげとマスカラをつけると効果があると思います。

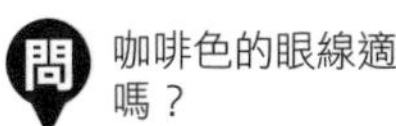

問 咖啡色的眼線適合我嗎？

迷你句 **茶色のアイライナー、似合う？**
chairo no airaina-,niau ?

完整句 茶色のアイライナー私に似合っていますか。
chairo no airainaa ga watashi ni niat teimasuka.

答 我覺得咖啡色眼線很適合你。

茶色のアイライナーが似合うと思います。

問 我想買底妝，可以幫我介紹一下嗎？

迷你句 **ベースメイクを買いたいから、紹介して。**
be-sumeiku wo kaitai kara,sho-kaishite.

完整句 ベースメイクを買いたいので、紹介してもらえませんか。
be-sumeiku wo kaitai node ,sho-kaishi temoraemasenka?

答 我推薦這款控油的底妝組。

このテカリを抑えるベースメイクセットをお薦めします。

問 有清爽一點的化妝水嗎？

迷你句 **さっぱりした化粧水、ある？**
sapparishita kesho-sui,aru?

完整句 もっとさっぱりした化粧水がありますか。
motto sapparishita kesho-sui ga arimasuka.

答 右邊是清爽型的。

右のほうがさっぱりしています。

必學單字

01 くま＝黑眼圈
kuma

02 付けまつげ＝假睫毛
tsukematsuge

03 脂性肌＝油性肌膚
aburasho-hada

04 似合う＝相配，相襯
niau

問 消費期限和賞味期限不一樣嗎？

迷你句 **消費期限と賞味期限は別ですか。**
sho-hikigen to sho-mikigen wa betsu desuka?

完整句 消費期限と賞味期限 違いますか。
sho-hikigen to sho-mikigen,chigaimasuka?

答 這個小餅乾的賞味期限到明年的二月。

このお菓子の賞味期限は来年の2月です。

問 我想要買小瓶一點的優格。

迷你句 **小さいヨーグルト、ほしい。**
chi-sai yo-guruto, hoshii.

完整句 小さいヨーグルトを買いたい。
ch-isa na yo-guruto wo kaitai.

答 乳製品區在這邊。

乳製品のエリアはこちらです。

問 菠蘿麵包什麼時候出爐？

迷你句 **メロンパンいつ出来上がる？**
meronpan itsu dekiagaru?

完整句 メロンパンの出来上がりはいつですか。
meronpan no dekiagari wa itsu desuka?

答 今天預計下午三點出爐。

今日は午後三時に出来上がる予定です。

問 特賣的鮭魚已經沒有了嗎？

迷你句 **特売の鮭、もうないの？**
tokuba i no sake,mo- naino?

完整句 特売の鮭はもう売り切れましたか。
tokubai no sake wa mo- urikiremashitaka?

答 特價的鮭魚已經搶購一空。

特売の鮭はもう売り切れました。

水果只有這些嗎？

迷你句 **果物(くだもの)はこれだけ？**
kudamono wa kore dake?

完整句 果物(くだもの)はこれだけおいてあるのでしょうか。
kudamono wa kore dake oitearu nodesho-ka?

水果都放在賣場最裡面。

果物(くだもの)は売(う)り場(ば)の一番奥(いちばんおく)に置(お)いてあります。

這個紅豆麵包是剛出爐的嗎？

迷你句 **このアンパン、焼(や)きたて？**
kono anpan,yakitate?

完整句 このアンパンは焼(や)きたてですか。
kono anpan wa yakitate desuka?

是的，還熱騰騰的。

そうですよ、まだ出(でき) たてほやほやです。

請問紅蘿蔔放在哪裡？

迷你句 **にんじんはどこ？**
ninjin wa doko?

完整句 すみませんが、にんじんはどこに置(お)いたのでしょうか。
sumimasen ga, ninjin wa doko ni oitano desho-ka.

根莖類的蔬菜都放在這邊。

根菜類(こんさいるい)はここにあります。

必學單字

01 果物(くだもの)＝水果
kudamono

02 出来上(できあ)がる＝出爐，完成
dekiagaru

03 売(う)り切(き)れ＝賣完
urikire

04 焼(や)きたて＝剛烤好，剛出爐
yakitate

必學會話｜05 購買首飾珠寶 Track 084

問 我想買對戒送給女朋友。

迷你句 **彼女のためにペアリングを買いたい。**

kanojyo no tame ni, pearingu wo kaitai.

完整句 ペアリングを買って、彼女にプレゼントしたい。

pearingu wo kat te, kanojyo ni purezento shitai.

答 這款戒指很適合送給情人。

このような指輪は恋人にプレゼントとして、ふさわしいと思います。

問 這個手鍊是要送給男生的。

迷你句 **このブレスレットを男性にあげたい。**

Kono buresuretto wo dansei ni agetai.

完整句 このブレスレットは男性にあげるつもりです。

Kono buresuretto wa dansei ni ageru tsumori desu.

答 妳要找是粗一點的手鍊還是細一點的呢？

お探しのブレスレットは太いものですか、それとも細いものですか。

問 做為結婚戒指哪一個比較好？

迷你句 **結婚指輪なら、どっちがいい？**

kekkonyubiwa nara, docchi ga i-?

完整句 結婚指輪として、どちらがいいと思いますか。

kekkonyubiwat oshite, dochira ga i- to omoimasuka?

答 這個鑽石的戒指比較好。

このダイヤの指輪のほうがいいと思います。

問 這是純金的嗎？

迷你句 **これは純金？**

kore wajyunkin?

完整句 これは純金ですか。

kore wajyunkin desuka?

答 這個耳環的款式很適合你。

このピアスは似合うと思います。

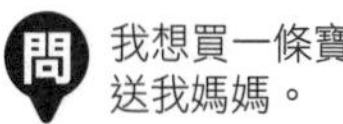

問 我想買一條寶石項鍊送我媽媽。

迷你句 **サファイアネックレスを、母にあげたい。**
safaianekkuresu, haha ni agetai.

完整句 サファイアネックレスを買って、母にプレゼントしたい。
safaianekkuresu wo katte, haha ni purezento shitai?

答 您要看看別款嗎？

ほかのデザインを見ませんか。

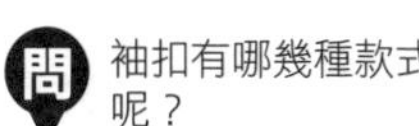

問 袖扣有哪幾種款式呢？

迷你句 **どんなカフスボタンがあるの？**
donna kafusubotan ga aruno?

完整句 カフスボタンはどのようなものがありますか。
kafusubotan wa donoyo- na mono ga arimasuka.

答 這款袖扣和你的衣服很搭。

このカフスボタンがあなたの服に似合うと思います。

問 這是什麼寶石？

迷你句 **これ、何の石？**
kore,nan no ishi?

完整句 これは何という石ですか。
kore wa nan toiu ishi desuka?

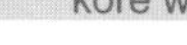

答 您覺得這條項鍊如何？

このネックレスどう思いますか。

必學單字

01 彼女（かのじょ）＝女朋友
kanojyo

02 指輪（ゆびわ）＝戒指
yubiwa

03 ネックレス＝項鍊
nekkuresu

04 太い（ふとい）＝粗的
futoi

這台相機有美肌模式嗎？

迷你句 **このデジタルカメラに美肌モード、ある？**

kono dejitarukamera ni bihadamo-do,aru?

完整句 このデジタルカメラに美肌モードの機能はありますか。

kono dejitarukamera ni bihadamo-do no kino- wa arimasuka?

這些是最款。

これが最新。

問 哪一種喇叭音質最好？

迷你句 **どの拡声器が、音質一番いいの？**

dono kakuse- ki, onshitsu ichiban i- no?

完整句 どちらの拡声器の音質が一番いいのでしょうか。

dochira no kakuse-ki no onshitsu ga ichiban i- no de sho- ka.

這是最新款的喇叭。

これは最新の拡声器です。

問 電熱水瓶在哪裡？

迷你句 **魔法瓶、どこ？**

maho-bin, doko?

完整句 魔法瓶はどこにあるのでしょうか。

maho-bin wa doko ni aru no desho-ka?

電熱水瓶在倒數第三排的架子上。

魔法瓶は後ろから三番目の棚の上にあります。

問 去哪裡買電器比較便宜？

迷你句 **電化製品を安く買える店はどこ？**

denkase-hin wo yasuku kaeru mise wa doko

完整句 どこで電化製品を安く買えますか。

doko de denkase-hin wo yasuku kaemasuka?

在Yodobashi camera 不僅電器用品款式多，價格也不貴。

ヨドバシカメラは電化製品が多く揃っていて、しかも値段が安いです。

問 我想買四人份的電鍋。

迷你句 **4人分炊ける炊飯器ある？**
yonninbun takeru suihanki aru?

完整句 4人分炊ける炊飯器を買いたいです。
yonninbun takeru suihanki wo kaitai desu.

答 您要找的商品在地下一樓。

お探しの商品は地下一階にあります。

問 液晶電視哪個品牌比較好？

迷你句 **液晶テレビでは、どのブランドがいい？**
ekisho-terebi de wa,dono burando ga i-?

完整句 液晶テレビといえば、どのブランドがいいと思いますか。
ekisho-terebi toieba, dono burando ga i- to omoimasuka?

答 請問您有特別喜歡哪一個嗎？

気に入るブランドがありますか。

必學單字

01 美肌モード＝美肌模式
bihadamo-do

02 拡声器＝喇叭
kakuse-ki

03 炊飯器＝電鍋
suihanki

04 電化製品＝電器用品
denkase-hin

必學會話｜07 找我要的尺寸

問 這個尺寸剛剛好。

迷你句 **これ、ぴったり。**
kore,pittari.

完整句 このサイズはぴったりです。
kono saizu wa pittari desu.

答 尺寸還可以嗎？

サイズはいかがでしょうか。

問 這雙鞋子有25號的嗎？

迷你句 **この靴の25センチある？**
kono kutsu no nijyu-go senchi aru?

完整句 この靴は25センチのはありますか。
kono kutsu wa nijyu-go senchi no ga arimasuka?

答 這已經是最大尺寸了。

このサイズが一番大きいです。

問 尺寸不合。

迷你句 **サイズが合わない。**
saizu ga awanai.

完整句 サイズが合いません。
saizu ga aimasen.

答 如果您真的喜歡，可以訂購更大的尺寸。

お気に入りでしたら、大きいサイズをお取り寄せできます。

問 這個衣服太大了，有小一號的嗎？

迷你句 **この服は大きい、小さいのある？**
kono fuku wa o-ki-,chi-sai no aru?

完整句 この服は大きすぎので、少し小さめのサイズはありますか。
kono fuku wa o-kisugiru node ,sukoshi chi-same no saizu wa arimasuka?

答 這件衣服只剩下這個尺寸。

この服はこのサイズしかありません。

問 這件褲子太長了。

迷你句 **長(なが)すぎた。**
nagasugita.

完整句 このパンツは長(なが)すぎました。
kono pantsu wa nagasugimashita.

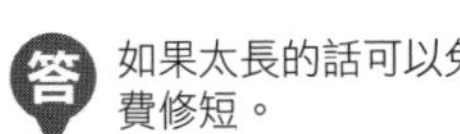
答 如果太長的話可以免費修短。

パンツが長(なが)いければ、無料(むりょう)で裾上(すそあ)げできます。

問 這件襯衫太小件，我穿不下。

迷你句 **このシャツは小(ちい)さい、だめ。**
kono shatsu wa chi-sai,dame.

完整句 このシャツは小(ちい)さすぎて着(き)ることができません。
Kono shatsu wa chi-sasugi te kiru koto ga dekimasen.

答 我去找找看還有沒有大一號的。

大(おお)きめのサイズがあるかどうかを探(さが)してみます。

問 這件褲子太短了。

迷你句 **このパンツ、短(みじか)い。**
kono pantsu, mijikai.

完整句 このパンツは短(みじか)すぎる。
kono pantsu wa mijika sugiru.

答 我去幫你拿大一號的。

少(すこ)し大(おお)きめのサイズ(さいず)を取(と)りに行(い)きます。

必學單字

01 靴(くつ)＝鞋子
kutsu

02 取(と)り寄(よ)せる＝調貨
toriyoseru

03 裾上(すそあ)げ＝修改衣服
susoage

04 探(さが)す＝找尋
sagasu

必學會話｜08 可以試穿嗎？

Track 087

請問可以試穿嗎？

迷你句 **試着していい？**

shichakushi tei-?

完整句 すみませんが、試着してもいいですか。

sumimasenga, shichakushi temo i-desuka.

可以，試衣間在那邊。

はい、試着室はそこにあります。

我可以試模特兒身上的衣服嗎？

迷你句 **モデルの服、試着してもいい。**

moderu no fuku,shichakushi temo i-?

完整句 モデルの服を試着してもよろしいですか。

moderu no fuku wo shichakushi temo yoroshii desuka?

模特兒所展示的衣服在這邊。

モデルが着ていた服はこちらです。

我想要試穿這件外套。

迷你句 **このジャケット、試着したい。**

kono jaketto,shichaku shitai.

完整句 このジャケットを試着したいんですが。

kono jaketto wo shichaku shitain desuga.

不好意思，白色衣服不提供試穿。

申し訳ございません。白い服は試着できません。

特價品可以試穿嗎？

迷你句 **特売品は試着していい？**

tokubaihin wa shichaku shite i-?

完整句 特売品は試着してもいいのでしょうか。

tokubaihin wa shichakushi temoi- no desho-ka?

不好意思，本店全商品皆不可試穿。

申し訳ございません。うちの商品は全てご試着できません。

問 一次最多可以試幾件衣服？

迷你句 **一回に最高何枚の服が試着できる？**
ikkai ni saiko- nanmai no fuku ga shichaku dekiru

完整句 一回に最高何枚の服が試着できますか。
ikkai ni saiko- nanmai no fuku ga shichaku dekimasuka?

答 一次最多可以試 4 件衣服。

一回にもっとも四枚の服が試着することができます。

問 我想試試看這雙鞋。

迷你句 **この靴、試着したい。**
kono kutsu, shichaku shitai.

完整句 この靴を試着したいんですが。
kono kutsu wo shichaku shitaindesuga.

答 這是零碼鞋，您試穿看看。

この靴はフリーサイズで、試着してみてください。

問 我不知道我的尺寸。

迷你句 **サイズが分からない。**
saizu ga wakaranai.

完整句 自分のサイズが分かりません。
jibun no saizu ga wakarimasen

答 請試穿看看。

どうぞ、試着してみてください。

必學單字

01 試着＝試穿
shichaku

02 モデル＝模特兒
moderu

03 特売品＝特價品
tokubaihin

04 サイズ＝尺寸
saizu

問 買多一點可以打折嗎？

迷你句 **多く買ったら、割引してくれる？**
o-kukattara waribikishite kureru?

完整句 もっと買えば、割引は適用されますか。
motto kaeba, waribiki wa tekiyo-saremasuka.

答 三雙一起買的話，折三百日圓。

一回に三足を買えば、三百円を割引いたします。

問 全部多少錢？

迷你句 **合計いくら？**
go-ke- ikura?

完整句 全部でいくらですか。
zenbu de ikuradesuka.

答 是這件衣服和包包吧。

こちらの服とかばんですね。

問 有其他的特惠方案嗎？

迷你句 **ほかの特典、ある？**
hoka no tokuten, aru?

完整句 ほかに特典はありませんか。
hoka ni tokuten wa arimasenka.

答 買一整套的話，第二套半價優惠。

まとまったセットを買えば、二つ目は半額にしてもらえます。

問 比我想的便宜。

迷你句 **思ったより安い。**
omot tayori yasui.

完整句 思っていたより安いです。
omotte ita yori yasui desu.

答 這個鞋子是過季商品所以打三折。

この靴はシーズンオフの商品ので、七割引できます。

有贈品嗎？

迷你句 **おまけ、ある？**
omake,aru?

完整句 何かおまけは付(つ)いていますか。
nanika omake wa tsuite imasuka?

可以送你小包的試用品。

小(ちい)さな包装(ほうそう)の試供品(しきょうひん)が贈(おく)られます。

買一整組有打折嗎？

迷你句 **セットを買(か)うと、割引(わりびき)ある？**
setto wo kauto,waribiki aru?

完整句 まとまったセットを買(か)えば、割引(わりびき)がありますか。
matomatta setto wo kaeba,waribiki ga arimasuka?

買一整組可享有八折優惠。

まとまったセットを買(か)えば、2割引(わりびき)されます。

可以再更便宜一點嗎？

迷你句 **安(やす)くしてくれる？**
yasuku shite kureru?

完整句 もっと安(やす)くしてくれませんか。
motto yasuku shite kuremasenka.

全店商品都打七五折，已經算是很便宜了。

全部(ぜんぶ)の商品(しょうひん)は25%オフで、ずいぶん安(やす)いですよ。

01 おまけ＝贈品
omake

02 試供品(しきょうひん)＝試用品
shikyo-hin

03 半額(はんがく)＝半價
hangaku

04 安(やす)い＝便宜的
yasui

Track 089

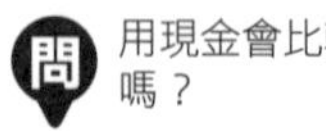

問 用現金會比較便宜嗎？

迷你句 **現金払いで、安くなる？**
genkinbarai de yasuku naru?

完整句 現金払いなら安くなりますか。
genkinbarai nara yasuku narimasuka?

答 用現金付還是一樣價格。

現金払いでも同じ金額です。

問 在哪裡簽名？

迷你句 **どこにサインすればいい？**
doko ni sain surebaii?

完整句 どこにサインすればいいですか。
doko ni sain surebaii desuka?

答 請在這裡簽名。

ここにサインしてください。

問 金額有包含稅金嗎？

迷你句 **税金込み？**
ze-kingomi?

完整句 税金は含まれた額ですか。
ze-kin wa fukumareta gaku desuka.

答 這個金額已包含5%的稅金。

この金額には5パーセントの税金が含まれています。

問 你們接受信用卡嗎？

迷你句 **クレジットカードでいい？**
Kurejittokādo de i-?

完整句 クレジットカードでいいですか。
Kurejittokādo de i- desuka?

答 可以用現金也可以信用卡付款。

現金でもカードでも払えます。

問 可以分期付款嗎？

迷你句 **分割払いできる？**
bunkatsubarai dekiru?

完整句 分割払いは可能でしょうか。
bunkatsubarai wa kano- desho-ka.

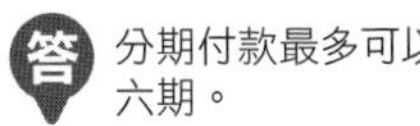
答 分期付款最多可以分六期。

分割払いは6回までです。

問 刷卡需不需要加收手續費？

迷你句 **カードなら、手数料は必要？**
ka-do nara,tesu-ryo- wa hitsuyo-?

完整句 カードで払うと、手数料を徴収するのでしょうか。
ka-do de harau to,tesu-ryo- wo choshusuru no desho-ka.

答 刷卡將酌收手續費。

カードで払うなら、すこしの手数料を徴収いたします。

問 可以用VISA卡嗎？

迷你句 **VISA カードでいい？**
bizaka-do de i-?

完整句 VISA カードを使ってもいいのでしょうか。
bizaka-do wo tsukattemo i- no desho-ka.

答 我們只收JCB卡。

JCB カードしか受け入れられません。

必學單字

01 分割払い＝分期付款
bunkatsubarai

02 税金込＝含稅
ze-kinkomi

03 手数料＝手續費
tesu-ryo-

04 徴収＝收取
cho-shu-

必學會話｜11 能退稅嗎？

Track 090

問 可以教我怎麼辦理退稅嗎？

迷你句 **免税の手続きを教えてくれる？**

menze-no tetsuduki wo oshietekureru?

完整句 免税の手続きを教えてください。

menze-no tetsuduki wo oshietekudasai.

答 你需要有退稅申請書。

税金払戻しの申請書が必要です。

問 每樣商品都可以退稅嗎？

迷你句 **全部の商品は税を払い戻すことができる？**

zenbuno sho-hin wa ze- wo haraimodosu koto ga dekiru?

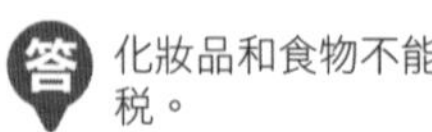

完整句 どの商品でも税を払い戻すことができますでしょうか。

dono sho-hin demo ze- wo haramodosu koto ga dekimasu desho-ka.

答 化妝品和食物不能退稅。

化粧品と食品は、税を払い戻すことができません。

問 要買多少才可以退稅？

迷你句 **いくらで、税金は払戻しできる？**

ikurade,ze-kin wa haraimodoshi dekiru

完整句 いくら以上買ったら税金の払戻しができますか。

ikura ijyo- kat tara ze-kin no haraimodoshi ga dekimasuka?

答 商品價格滿五萬日圓即可退稅。

商品は5万円以上で税金を払い戻すことができます。

問 可以在機場退稅嗎？

迷你句 **空港で税を払い戻すことができるの？**

ku-ko- de ze- wo haraimodosu koto ga dekiruno?

完整句 空港で税を払い戻すことができるのでしょうか。

ku-ko- de ze- wo haraimodosu koto ga dekiru no desho-ka.

答 日本的機場沒有退稅服務。

日本の空港では税を払い戻すことができません。

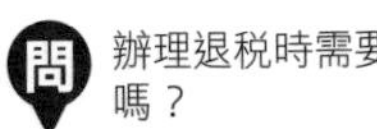

問 辦理退稅時需要護照嗎？

迷你句 **税金を払い戻すとき、パスポート要る？**

ze-kin wo haraimodosu toki,pasupo-to iru?

完整句 税金を払い戻すときにパスポートが必要ですか。

ze-kin wo haraimodosu toki ni pasupo-to wa hitsuyo- desuka?

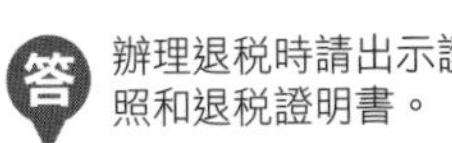

答 辦理退稅時請出示護照和退稅證明書。

税金を払い戻すときにパスポートと証明書を提示してください。

問 退稅時需要出示哪些證明文件？

迷你句 **税を払い戻すとき、どんな証明が必要？**

ze- wo haraimodosu toki,donna sho-me-ga hitsuyo-?

完整句 税の払い戻しの際、どのような証明するものが必要ですか。

ze- no haraimodoshi no sai,dono yo-na sho-me-suru mono ga hitsuyo- desuka?

答 退稅時請出示您的護照。

税を払い戻すとき、パスポートを示してください。

問 請問要到哪裡辦理退稅？

迷你句 **どこで税を払い戻すことができる？**

doko de ze- wo haraimodosu koto ga dekiru?

完整句 税の払い戻しはどこで受けることがますか。

ze- no haraimodoshi wa doko de ukeru koto ga dekimasu ka?

答 不好意思，本店商品無法退稅。

申し訳ございません。うちの商品は税を払い戻すことができません。

必學單字

01 税金払戻し＝退稅
ze-kinharaimodoshi

02 提示＝提出
te-ji

03 手続き＝手續
tetsuduki

04 受ける＝接受
ukeru

問 可以送到台灣嗎？

迷你句 **台湾まで、発送してもらえる？**

taiwan made,hasso-shite moraeru?

完整句 この店から台湾に発送していただけませんか。

Kono mise kara Taiwan ni hasso-shi-te itadakemasenka?

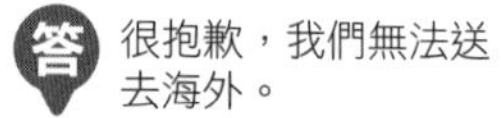

答 很抱歉，我們無法送去海外。

申し訳ございません、海外への発送はできません。

問 運費可以用信用卡付嗎？

迷你句 **送料はカードでいい？**

so-ryo- wa ka-do de i-?

完整句 送料はクレジットカードで支払えますか。

so-ryo- wa kurezittoka-do de shiharaemasuka?

答 運費可以用現金也可以用信用卡支付。

送料は現金でもカードでも払えます。

問 這是禮物，請幫我包裝。

迷你句 **プレゼント用に包んでください。**

Purezento yo- nitsutsundekudasai.

完整句 プレゼント用にでお願いします。

Purezento yo- ni de onegaiishimasu.

答 請問是否需要包裝？

これを包装しますか。

問 可以多給我幾個袋子讓我回去分裝嗎？

迷你句 **分けるための袋もう少しください。**

wakerutamenofukuro mo- sukoshi kudasai.

完整句 分けるための袋をもう少し頂けますか。

wakerutamenofukuro wo mo- sukoshi itadakemasuka?

答 分裝用的帶子已經幫你放入紙袋裡了。

分ける用の袋は紙袋に入れてあります。

問 我想要用這個包裝紙包裝。

迷你句 **この包装紙で包装して。**

kono ho-so-shi de ho-so-shite.

完整句 この包装紙で包んでください。

kono ho-so-shi de tsutsun dekudasai.

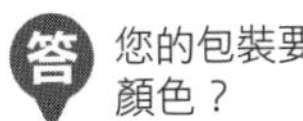

答 您的包裝要用哪一種顏色？

包装はどんな色がいいのでしょうか。

問 你們有免費運送大型家具的服務嗎？

迷你句 **大きい家具を無料で運送できる？**

o-ki-kagu wo muryo- de unso- dekiru?

完整句 無料で大型家具を運送するサービスはありますか。

muryo- de o-gatakagu wo unso-suru sa-bisu wa arimasuka?

答 只要在運送範圍內，都可免費運送。

運送範囲以内なら、運送料なしで運べます。

問 購買金額要滿多少才能幫我們運送。

迷你句 **いくら買うと運送してくれるの？**

ikura kau to unso-shite kureru no?

完整句 いくらまで買えば、運送していただけますか。

ikura made kaeba,unso-shite itadakemasuka?

答 消費滿六千日圓就免運費。

六千円以上ご購入いただくと、運送料はいただきません。

必學單字

01 発送＝出貨，運送

hasso-

02 送料＝運費

so-ryo-

03 分ける袋＝分裝袋

wakerufukuro

04 包装＝包裝

ho-so-

必學會話｜13 保固維修

Track 092

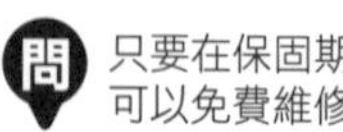

問　只要在保固期限內都可以免費維修嗎？

迷你句　**保証期間内は無料で修理してくれるの？**

hosho- ikan nai wa muryo- de shu-rishitekureru no?

完整句　保証期間内は無料で修理していただけるのですか。

hosho- ikan nai wa muryo- de shu-rishiteitadakeru no desuka?

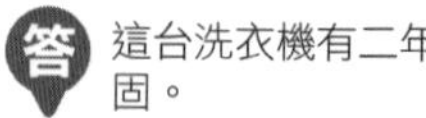

答　這台洗衣機有二年保固。

この洗濯機は二年間の保証があります。

問　有附保證書嗎？

迷你句　**保証書付き？**

hosho-sho zuki?

完整句　保証書は付きますか。

hosho-sho wa tsukimasuka?

答　我們的所有產品都有保固。

うちの製品は全部保証書が付いています。

問　吹風機壞掉了該怎麼辦？

迷你句　**ドライヤーが壊れたが、どうしたらいい？**

doraiya- ga koware ta ga,do-shitaraii?

完整句　ドライヤーが壊れたのですが、どうすればよいですか。

doraiya- ga kowareta no desuga, do-sureba yoi desuka?

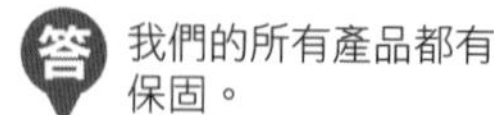

答　我們的所有產品都有保固。

うちの電気用品は全部保証があります。

問　我想用這台相機但是不會動。

迷你句　**このカメラ、使おうと思ったら、動かなかった。**

kono kamera wotsukao- to omottara ugokanakatta.

完整句　このカメラを使おうとしたら、動きませんでした。

kono kamera wo tsukao- toshi tara,ugokimasendeshita.

答　送回原公司修理會比較好。

本社へ修理してもらった方がいいと思います。

問 送修完後可以寄送到這個地址嗎？

迷你句 **修理してこの住所に送ってくれる？**
shu-rishite konojyu-sho ni okuttekureru?

完整句 修理してこの住所に送っていただけませんか。
shu-rishite kono jyu-sho ni okutteitadakemasenka?

答 不好意思，必須請你回店裡來拿。

申し訳ございません、必ず店で修理した商品を受け取ってください。

問 我想送修這個MP3。

迷你句 **このMP3,修理したい。**
kono MP3,shu-rishitai.

完整句 このMP3,修理したいですが。
kono MP3,shu-rishitai desuga.

答 請填寫送修單。

この書類に記入してください。

問 這個電風扇不會動，該怎麼辦？

迷你句 **この扇風機が動かない、どうしよう？**
konosenpu-ki ga ugokanai,do-shiyo-?

完整句 この扇風機が動かないですが、どうすればよいですか。
konosenpu-ki ga ugokanai desuga, do-sureba yoi desuka?

答 我先幫您稍微檢查一下看哪裡出了問題。

どこか問題があるのを少し検査していただきます。

必學單字

01 保証期間＝保固期
hosho-kikan

02 洗濯機＝洗衣機
sentakuki

03 保証＝保固
hosho-

04 修理＝修理
shu-ri

必學會話｜14 熱情店員的應對 Track 093

問　今天只是看看，還沒決定要買什麼。

迷你句　**決めてないです、見ているだけ。**

kime te nai desu,miteiru dake.

完整句　特に決めていません。見ているだけです。

tokuni kime teimasen.mi teiru dake desu.

答　請問今天有特別要找什麼商品嗎？

今日は何をお探しでしょう？

問　我可以自己看看嗎？

迷你句　**自分で見て回りたい。**

jibun de mi te mawaritai.

完整句　一人で見て回りたいので。

hitori de mite mawaritai node.

答　需要幫您介紹嗎？

紹介させていただけませんか。

問　有需要的話我再問你。

迷你句　**必要なら聞きます。**

hitsuyo- nara kiki masu.

完整句　必要があれば、お伺いします。

Hitsuyo- ga areba,o ukagai shimasu.

答　我可以幫您解說。

ご説明いたします。

問　可以讓我考慮看看嗎？

迷你句　**考えさせて。**

kangaesasete.

完整句　ちょっと考えさせてください。

chotto kangaesasete kudasai.

答　這件洋裝很符合您的風格。

このワンピースはお客様にお似合いだと思います。

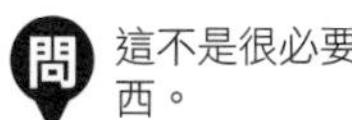

問 這不是很必要的東西。

迷你句 **これは必要品ではない。**
kore wa hitsuyo-hin dewa nai.

完整句 これは必要な品ではありません。
kore wa hitsuyo- na shina de wa arimasen.

答 這個商品的特價只到今天為止喔！

この商品のセールは今日までですよ。

問 謝謝，我不需要這個東西。

迷你句 **要らない、ありがとう。**
iranai,arigato-.

完整句 これは要りません、ありがとうございます。
kore wa irimasen,arigato- gozaimasu.

答 要不要看看這個產品呢？

この製品を見てみませんか。

問 我已經有類似的產品了。

迷你句 **似てるものをもっている。**
niteru mono wo motte iru.

完整句 私はもう同じようなものを持っています。
watashi wa mo- onaji yo-na mono wo motte imasu

答 我推薦您別組產品。

他の製品をおすすめします。

必學單字

01 特に＝特別
tokuni

02 回る＝繞一繞
mawaru

03 製品＝產品
se-hin

04 似てる＝相像
niteru

問 這件衣服有破洞，我想退貨。

迷你句 **この服が破れていたから、返品したい。**

kono fuku wa yaburete itakara, henpin shitai.

完整句 この服には破れ目があったので、返品させてください。

kono fuku ni yabureme ga atta node, henpinsase tekudasai.

答 衣服的標籤還在嗎？

服の値札はまだありますか。

問 這台風扇剛買回來就故障了，我想要換新的。

迷你句 **買ったばかりの扇風機が故障していたので、新品と替えたい。**

kattabakari no senpu-ki ga kosho-shiteita node,shinpin to kaetai.

完整句 この扇風機が買ったばかりなのに故障したので、新品のものと取り替えてください。

kono senpu-ki ga kattabakari nanoni kosho-shita node, shinpin no mono to torikae tekudasai.

答 若是購買七天之內還可以換貨。

七日以内なら返品可能です。

問 從箱子裡拿出來就已經壞掉了。

迷你句 **箱から出したら壊れていた。**

hako kara dashi tara koware teita.

完整句 箱から出したら壊れています。

hako kara dashi tara koware teimasu.

答 請問您想要換新貨還是退錢？

新品の取替えですか、それとも返金ですか。

問 這是我的收據。

迷你句 **これ、領収証。**

kore,ryo-shu-sho-.

完整句 これは領収証です。

kore wa ryo-shu-sho- desu.

答 請問您是什麼時候買的？

いつ購入されましたか。

問 我還沒有用過。

迷你句 **まだ使っていない。**
mada tsukatte inai.

完整句 まだ使っていません。
madatsukatte imasen.

答 好的，請讓我看一下商品。

はい、商品を見せてください。

問 我把發票弄丟了，這樣可以換貨嗎？

迷你句 **領収書はないけど、取り替えはできるのかな？**
ryo-shu-sho wa naikedo ,torikae wa dekiru no kana?

完整句 領収書が無くなってしまったのですが新品と取り替えは可能ですか。
ryo-shu-sho ga nakunatteshimat ta nodesuga shinpin to torikae wa kano-desuka?

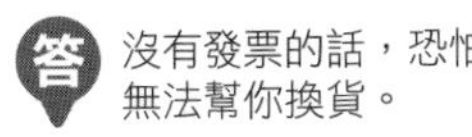

答 沒有發票的話，恐怕無法幫你換貨。

領収書がなければ、取り替えはできません。

問 不好用的話，七天之內都可以退貨對吧？

迷你句 **使いにくかったら一週間以内に返せばいい？**
tsukainikukattara isshu-kan inai ni kaeseba i-?

完整句 使いにくかったら一週間以内に返品すれば大丈夫でしょう。
tsukainikukattara isshu-kan inai ni henpin sureba daijyo-bu desho-.

答 沒有正當理由的話，無法退貨。

正当な理由がないなら、返品できません。

必學單字

01 値札＝標籤
nefuda

02 返品＝退貨
henpin

03 領収証＝收據
ryo-shu-sho-

04 取り替え＝退換
torikae

問 我還沒收到商品。

迷你句 **品物がまだ届かない。**
shinamono ga madatodokanai.

完整句 品物がまだ届きません。
shinamono ga madatodokimasen.

答 請問您是什麼時候訂貨的呢？

すみませんが、いつ注文しましたか。

問 我要客訴。

迷你句 **クレームがある。**
kure-mu ga aru.

完整句 私はクレームがあります。
watashi wa kure-mu ga arimasu.

答 請問是什麼事呢？

何のご用でしょうか。

問 拿東西給我的時候用丟的。

迷你句 **物を投げて渡した。**
mono wo nagete watashita.

完整句 物を手渡しではなく、なげていました。
mono wo tewatashi dewanaku, nagete imashita.

答 我們會請該名員工親自致電道歉。

従業員が自ら謝罪電話をいたします。

問 這跟我買的東西不一樣。

迷你句 **買ったものと違っている。**
kattamono tochigatte iru.

完整句 買ったものと違っています。
katta mono to chigatte imasu.

答 真的很抱歉，是我們這邊的錯誤。

大変申し訳ありません。こちらのミスです。

問 店員的臉很臭。

迷你句 **店員の機嫌が悪そう。**

tenin no kigen ga waruso-.

完整句 店員はいつも機嫌悪そうな顔をしています。

tenin wa itsumo kigenwaruso- na kao wo shiteimasu.

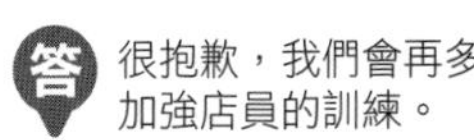

答 很抱歉，我們會再多加強店員的訓練。

申し訳ございません。従業員の教育を徹底して指導いたします。

問 聽到我不買的時候馬上轉身而去。

迷你句 買わないと聞き、すぐに立ち去った。

kawanai to kiki,sugu ni tachisatta.

完整句 買わないと聞いたら、すぐに立ち去りました。

kawanai to kii tara,sugu ni tachisarimashita.

答 很抱歉，造成您的不悅。

気分を害するような行動をしてしまい、申し訳ありません。

問 店員們都只顧著聊天不接待客人。

迷你句 **店員はずっとしゃべり、客を接待しない。**

teiin wazutto shaberi,kyaku wo settai shinai.

完整句 店員さんはおしゃべりばかりで、客を接待していないのです。

teninsan wa oshaberi bakari de,kyaku wo settai shiteinai nodesu.

答 真的很抱歉，請問是哪一位店員？

申し訳ございません。どの店員でしょうか。

必學單字

01 品物＝商品

shinamono

02 手渡し＝親手交～

tewatashi

03 機嫌悪い＝不親切，態度惡劣

kigenwarui

04 立ち去る＝轉身離開

tachisaru

必學會話｜17 付錢（找錯錢）　Track 096

問　你少找我五十日圓。

迷你句　**おつりが五十円足りない。**

otsuri ga gojyu- en tarinai.

完整句　五十円のおつりが足りません。

gojyu- en no otsuri gatarimasen.

答　抱歉，我確實找您錢了。

申し訳ございません。確かにおつりをお渡ししました。

問　我剛剛給你一張一千日圓了。

迷你句　**さっき千円あげた。**

sakki senenageta.

完整句　さっき千円を一枚渡しました。

sakki senen wo ichima i watashimashita.

答　非常抱歉，是我看錯了。

申し訳ございません。私が見間違いました。

問　我已經付錢了。

迷你句　**もう払った。**

mo- haratta.

完整句　私はもう払いましたよ。

watashi wa mo- haraimashita yo.

答　請出示可證明付錢的證據。

支払ったことが証明できる、領収書などを見せてください。

問　錢不夠，這個東西我不買了。

迷你句　**お金足りないから買わない。**

okane tarinaikara, kawanai.

完整句　お金が足りないから、これは買いません。

okane ga tarinai kara,kore wa kaimasen.

答　你不要買這個了嗎？

これは購入されないのでしょうか。

問 你沒有找夠錢。

迷你句 **おつりが足らない。**
otsuri ga tarinai.

完整句 おつりが足りません。
otsuri ga tarimasen.

答 對不起，少找錢給您。

申し訳ございません。おつりを少なくお渡ししてしまいました。

問 沒有找零嗎？

迷你句 **おつりはないの？**
otsuri wa naino?

完整句 おつりはありませんか。
otsuri wa arimasenka?

答 不好意思，這是找您的五百日圓。

すみません、こちらは五百円のおつりです。

問 這不是我的收據。

迷你句 **これ、私の領収証じゃない。**
kore,watashi no ryo-shu-sho- ja nai.

完整句 これは私の領収証ではありません。
Kore wa watashi no ryo-shu-sho- dewa arimasen.

答 請問您購買的是這兩件商品嗎？

購入した商品はこの二件ですか。

必學單字

01 おつり＝找零
otsuri

02 見間違い＝看錯
mimachigai

03 確かに＝很確定地
tashikani

04 購入＝購買
ko-nyu-

09 認識新朋友

常用句型＋實用替換字

初次見面，我是 台灣來的 ，我姓林。

- はじめまして、台湾（たいわん）から来（き）た 林（りん）です。

hajimemashite, taiwan kara kita rin desu.

可替換字

1 | 留學生　留学生（りゅうがくせい）の（ryu-gakusei no）
2 | 大學生　大学生（だいがくせい）の（daigakusei no）
3 | 上班族　会社員（かいしゃいん）の（kaishain no）

我來自 台北 。

- 出身（しゅっしん）は 台北（たいぺい） です。

shusshin wa taipei desu.

可替換字

1 | 台中　台中（たいちゅう）（taichu-）
2 | 高雄　高雄（たかお）（takao）
3 | 桃園　桃園（とうえん）（touen）
4 | 新竹　新竹（しんちく）（shichiku）
5 | 台南　台南（たいなん）（tainan）

我的興趣是 看棒球 。

- 趣味（しゅみ）は 野球（やきゅう）を見（み）る ことです。

shumi wa yakyu- o miru koto desu.

可替換字

1 | 聽音樂　音楽（おんがく）を聴（き）く（ongaku o kiku）
2 | 玩遊戲　ゲームをする（ge-mu o suru）
3 | 看電影　映画（えいが）を見（み）る（eiga o miru）
4 | 做菜　料理（りょうり）を作（つく）る（ryouri o tsukuru）
5 | 閱讀　本（ほん）を読（よ）む（hon o yomu）

我喜歡的菜是 壽喜燒 。

- **好きな料理は すき焼き です。**

sukina ryouri wa sukiyaki desu.

可替換字
1 | 拉麵 ラーメン（ra-men）
2 | 涮涮鍋 しゃぶしゃぶ（shabu shabu）
3 | 火鍋料理 鍋料理（nabe ryouri）
4 | 炒麵 焼きそば（yakisoba）
5 | 馬鈴薯燉肉 じゃが肉（jaganiku）

可以跟你交換 聯絡方式 嗎？

- **連絡先 を交換してもいいですか。**

renrakusaki o koukan shitemo ii desuka?

可替換字
1 | LINE ライン（rain）
2 | Facebook フェースブック（fe-su bukku）
3 | Instagram インスタ（insuta）

你的 工作 是什麼？

- **お仕事 は何ですか。**

oshigoto wa nan desuka?

可替換字
1 | 興趣 趣味（shumi）
2 | 喜歡的食物 好きな食べ物（sukina tabemono）
3 | 喜歡的音樂 好きな音楽（sukina ongaku）

可以介紹　你的朋友　給我認識嗎？

- **お友達（ともだち）を紹介（しょうかい）してもいいですか。**

o tomodachi　o shoukai shitemo ii desuka?

可替換字

1 | 你的同事　ご同僚（どうりょう）（go douryou）
2 | 你的室友　ルームメート（ru-mu me-to）
3 | 你的同學　同級生（どうきゅうせい）（doukyu-sei）
4 | 你的妹妹　お妹（いもうと）さん（o imouto san）
5 | 你的下屬　部下（ぶか）（buka）

可以問你的　電話號碼　嗎？

- **電話番号（でんわばんごう）を聞（き）いてもいいですか。**

denwa bangou　o kiitemo ii desuka?

可替換字

1 | 電子郵件　メールアドレス（me-ru adoresu）
2 | 地址　住所（じゅうしょ）（ju-sho）
3 | 名字　お名前（なまえ）（onamae）

一起去　吃飯　吧！

- **一緒（いっしょ）に食（た）べに行（い）きましょう。**

issho ni　tabe　ni ikimashou.

可替換字

1 | 喝酒　飲（の）み（nomi）
2 | 玩樂　遊（あそ）び（asobi）
3 | 兜風　ドライブ（doraibu）
4 | 購物　買（か）い物（もの）（kaimono）
5 | 讀書　勉強（べんきょう）（benkyou）

我喜歡你，可以 和我當朋友 嗎？

- 好き(す)です。友達(ともだち)になって くれませんか。

suki desu. tomodachi ni natte kure masenka?

可替換字
1 | 和我交往 付(つ)き合(あ)って（tsuki atte）
2 | 給我照片 写真(しゃしん)を送(おく)って（shashin o okutte）
3 | 傳訊息給我 メールを送(おく)って（me-ru wo okutte）

不好意思， 我要去加班 ，不能參加。

- すみません、残業(ざんぎょう)があって、参加(さんか)できません。

sumimasen, zangyou ga atte , sanka dekimasen.

可替換字
1 | 有點事情 ちょっと用事(ようじ)があって（chotto youji ga atte）
2 | 我明天有考試 明日試験(あしたしけん)があって（ashita shikenn ga atte）
3 | 我必須要寫報告 レポートを書(か)かなきゃ（repo-to o kakanakya）

我討厭那個人的 不負責任 。

- あの人(ひと)の 無責任(むせきにん) が嫌(きら)いです。

ano hito no musekinin ga kirai desu.

可替換字
1 | 長相 見(み)た目(め)（mitame）
2 | 個性 性格(せいかく)（seikaku）
3 | 態度 態度(たいど)（taido）

問 你也是來這邊旅行的嗎？

迷你句 **旅行のために、ここに来た?**
ryoko- no tameni,koko ni kita?

完整句 旅行のために、ここに来ましたか。
ryoko- no tameni,koko ni kimashitaka?

答 不，我是來出差的。

いいえ、出張のためにここに来ました。

問 我聽說這家章魚燒很好吃。

迷你句 **その店、たこ焼きはすごく美味しそうだ。**
sonomise takoyaki wa sugoku oishi- so-da.

完整句 その店のたこ焼きはすごく美味しいと言われました。
sonomise takoyaki wa sugoku oishi- to iwaremashita.

答 我也很推薦喔！

お薦めですよ。

問 地圖上沒有這個景點。

迷你句 **地図にこのスポッがない。**
chizuni kono supotto ga nai.

完整句 地図にはこの観光スポットが載っていません。
chizu ni wa kono kanko-supotto ga not teimasen.

答 這是當地人才知道的景點喔。

ここは地元の人しか知られてないスポットです。

問 有很多觀光客來這邊玩嗎？

迷你句 **多くの観光客がここに来た？**
o-kuno kanko-kyaku ga koko ni kita?

完整句 多くの観光客はここに来ましたか。
o-kuno kanko-kyaku wa koko ni kimashitaka?

答 很多來自世界各國的人來這旅行。

いろんな国の人がここに旅行しました。

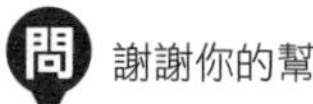
問 謝謝你的幫忙。

迷你句 **手伝ってくれて、ありがとう。**
tetsudatte kurete,arigato-.

完整句 手伝ってくれて、ありがとうございます。
tetsudatte kurete,arigato- gozaimasu.

答 我很高興能幫助你。

あなたを手伝えて、うれしいです。

問 雖然是第一次吃這種料理，但是很好吃。

迷你句 **この料理は初めてだったけど、美味しかった。**
kono ryo-ri wa wajimete data kedo,oishikatta.

完整句 この料理を食べるのは初めてでしたが美味しかったです。
kono ryo-ri wo taberu no wa hajimete deshita ga oishikatta desu.

答 食材全部是這個區域生產的，所以很新鮮。

食材は全部この地域で生産したから新鮮です。

問 這個是你自己手工做的嗎？

迷你句 **これ、手作り？**
kore,tezukuri?

完整句 これは手作りですか。
kore wa tedukuri desuka?

答 這是真的木頭雕的喔！

これは本当の木で彫りました。

必學單字

01 出張＝出差
shuccho-

02 初めて＝第一次
hajimete

03 手作り＝手工
tedukuri

04 地元＝當地
jimoto

必學會話｜02 四海之內皆朋友

Track 099

問　請問你的名字？

迷你句　**お名前は？**
onamae wa?

完整句　お名前は何ですか。
onamae wa nan desuka?

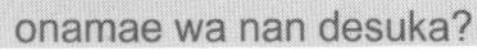

答　我姓黃。

黄と申します。

問　你是日本人嗎？

迷你句　**日本人ですか。**
nihonjin desuka?

完整句　日本人の方ですか。
nihonjin no kata desuka?

答　不，我是從台灣來的。

いいえ、台湾から来ました。

問　你是背包客嗎？

迷你句　**バックパッカーですか。**
bakkupakka- desuka?

完整句　バックパッキング旅行していますか。
bakkupakkingu ryoko-shi teimasuka?

答　是的，這是我在日本的第三天。

はい、今日は日本にいて三日目です。

問　預計大概會在這邊待多久？

迷你句　**どのぐらいここにいる？**
donogurai koko ni iru?

完整句　どのぐらいここにいる予定ですか。
donogurai koko niiru yote- desuka?

答　我想停留五天左右。

ここには五日間泊まると思います。

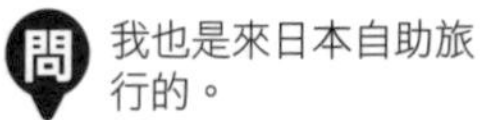

問 我也是來日本自助旅行的。

迷你句 **私も自由旅行で日本に来た。**
watashi mo jiyu-ryoko- de nihon ni kita.

完整句 私も自由旅行で日本に来ました。
watashi mo jiyu-ryoko- de nihon ni kimashita.

答 你去了日本哪些地方？

日本のどこか行きましたか。

問 在日本印象最深的回憶是什麼？

迷你句 **日本で一番印象が強い思い出は何？**
nihon de ichiban insho-ga tsuyoi omoide wa nani?

完整句 日本で一番印象が強い思い出は何ですか。
nihon de ichiban insho-ga tsuyoi omoide wa nandesuka?

答 冬天白川鄉的合掌屋聚落非常漂亮。

冬の白川郷の合掌造りはすごく綺麗でした。

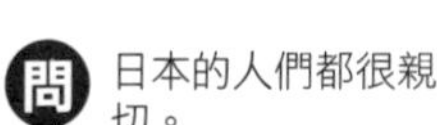

問 日本的人們都很親切。

迷你句 **日本人は優しい。**
nihonjin wa yasashi-.

完整句 日本人はとても優しいです。
nihonjin wa totemo yasashi- desu.

答 有任何不明白的時候都會願意幫忙。

何か分からないときに手伝ってくれます。

必學單字

01 名前＝名字
namae

02 バックパッキング旅行＝背包客旅行
bakkupakkinguryoko-

03 思い出＝回憶
omoide

04 優しい＝親切
yasashi-

必學會話｜03 自我介紹

Track 100

問 您好，初次見面，我的名字是陳美美。

迷你句 **はじめまして、陳美美です。**
hajimemashite,chinmimi desu.

完整句 はじめまして、陳美美と申します。
hajimemashite,chinmimi to mo-shimasu.

答 初次見面您好，我是小林榮介。

はじめまして、私は小林栄介と申します。

問 請多多指教。

迷你句 **どうぞ、よろしくね。**
do-zo,yoroshikune.

完整句 どうぞ、よろしくお願いします。
do-zo,yoroshiku onegaishimasu.

答 也請你多多指教。

こちらこそ、どうぞよろしくお願いします。

問 我來自台灣。

迷你句 **台湾から来た。**
taiwan kara kita.

完整句 台湾から来ました。
taiwan kara kimashita.

答 你來自哪裡呢？

どこから来ましたか。

問 以留學生身分在日本待一年。

迷你句 **留学生として、一年間日本にいる。**
ryu-gakuse- toshite,ichinenkan nihon ni iru.

完整句 留学生として、一年間日本にいます。
ryu-gakusei toshite,ichinenkan nihon ni imasu.

答 是學生嗎？

学生さんですか。

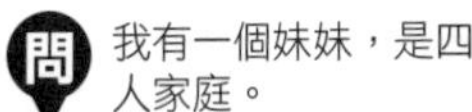

問 我有一個妹妹，是四人家庭。

迷你句 **四人家族で妹は一人いる。**
yoninkazoku de imo-to wa hitori iru.

完整句 四人家族で妹は一人います。
yoninkazoku de imo-to wa hitori imasu.

答 有任何兄弟姐妹嗎？ 兄弟はいますか。

問 希望可以加強自己的日語而來日本。

迷你句 **日本語が上手になりたいから、日本に来た。**
nihongo ga jyo-zu ni naritai kara,nihon ni kita.

完整句 日本語が上手になりたいので、日本に来ました。
nihongo ga jyo-zu ni naritai node, nihon ni kimashita.

答 那請你好好加油！ 頑張ってください。

問 我不太會說日文。

迷你句 **日本語がよくしゃべれない。**
nihongo ga yokushaberenai.

完整句 日本語はあまり話せません。下手です。
nihongo wa amari hanasemasen.heta desu.

答 沒有那回事，你說的很好。 とんでもない、上手ですよ。

必學單字

01 家族＝家人
kazoku

02 兄弟＝兄弟姐妹
kyo-dai

03 上手＝熟練
jyo-zu

04 下手＝不熟練
heta

問 我來日本旅行。

迷你句 **日本に旅行しに来た。**
nihon ni ryoko-shi ni kita.

完整句 日本に旅行のために来ました。
nihon ni ryoko- no tame ni kimashita.

答 祝你玩的開心。

楽しく過ごせますように。

問 我是第一次來日本。

迷你句 **はじめて日本に来た。**
hajimete nihon ni kita.

完整句 日本に来たのは初めてです。
nihon ni kitano wa hajimete desu.

答 玩的開心嗎？

楽しかったですか。

問 你有去過台灣嗎？

迷你句 **台湾に行ったことがある？**
taiwan ni ittakoto ga aru?

完整句 台湾に行ったことがありますか。
taiwan ni ittakoto ga arimasuka?

答 我沒有去過，但是很想去看看。

行ったことはないけれども、行きたいと思います。

問 台灣和日本很近喔。

迷你句 **台湾と日本は近い。**
taiwan to nihon wa chikai.

完整句 台湾と日本は近いですよ。
taiwan to nihon wa chikai desu yo.

答 真的嗎？坐飛機要花多久時間。

本当ですか。飛行機でどのぐらいかかりますか。

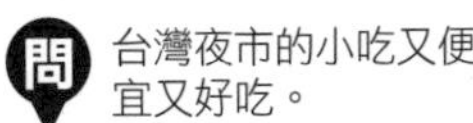
問 台灣夜市的小吃又便宜又好吃。

迷你句 **台湾の夜市で、食べ物が安くて美味しい。**

taiwan no yoichi de,tabemono ga yasukute oishii.

完整句 台湾の夜市では食べ物が安くて美味しいです。

taiwan no yoichi de,tabemono ga yasukute oishii desu.

答 台灣有名的是什麼？ 台湾は何が有名ですか。

問 我去了京都花見小路，還看到了藝伎。

迷你句 **京都の花見小路に行って、芸者を見た。**

kyo-to no hanamiko-ji ni itte,ge-sha wo mita.

完整句 京都の花見小路に行って、芸者を見ました。

kyo-to no hanamiko-ji ni itte, ge-sha wo mimashita.

答 留下了美好的回憶真是太好了。 いい思い出を作りましたね、よかったです。

問 和你聊了好多，真是開心。

迷你句 **あなたとしゃべって、本当に楽しかった。**

anata to shabette,honto-ni tanoshikatta.

完整句 あなたといろいろ話せて、本当に楽しかったです。

anata to iroiro hanasete honto-ni tanoshikatta desu.

答 我們再一起見面吧！ またお会いしましょう。

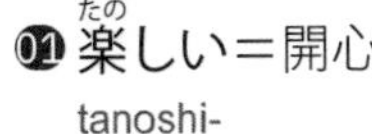
必學單字

01 楽しい＝開心
tanoshi-

02 本当＝真的
honto-

03 食べ物＝食物
tabemono

04 安い＝便宜
yasui

  Track 102

問 這位是我的朋友，陳美美。

迷你句 **こちらは友達の陳美美。**
kochira wa tomodachi no chinmimi.

完整句 この方は私の友達の陳美美です。
kono kata wa watashi no tomodachi no chinmimi desu.

答 陳小姐您好，初次見面。

はじめまして、陳さんですね。

問 我們是一起工作的同事。

迷你句 **一緒に仕事をしている。**
isshoni shigoto wo shiteiru.

完整句 私達は仕事の仲間です。
watashitachi wa shigoto no nakama desu.

答 他是妳朋友嗎？

彼はお友達ですか。

問 你來自哪裡？

迷你句 **出身はどこ？**
shusshin wa doko?

完整句 ご出身はどこですか。
goshusshin wa dokodesuka.

答 我來自九州的熊本。

私は九州の熊本出身です。

問 剛剛和你講話的女孩是誰？

迷你句 **今、話しかけた女の子はだれ？**
ima,hanashikaketa onnano ko wa dare?

完整句 今、話しかけた女の子はだれですか。
ima,hanashikaketa onnano ko wadare desuka?

答 她是我上課認識的朋友。

彼女は授業で知りあった友達です。

問 你們兩個是怎麼認識的？

迷你句 **どうして知り合ったの？**

do-shite shiriatta no?

完整句 どうして知り合いましたか。

do-shite shiriaimashitaka?

答 我們兩個共同的朋友介紹的。

共有の友達から紹介されました。

問 可以介紹那個女孩給我認識嗎？

迷你句 **彼女を紹介してくれませんか。**

kanojyo wo sho-kaishi tekuremasenka?

完整句 彼女を紹介してもらえませんか。

kanojyo wo sho-kaishi temoraemasenka?

答 可以是可以，但是人家有男朋友囉。

いいですが、彼氏がいますよ。

問 住在這附近嗎？

迷你句 **この近くに住んでいる？**

kono chikaku ni sundeiru?

完整句 この近くに住んでいますか。

kono chikaku ni sundeimasuka?

答 走路的話大概十分鐘。

歩いて大体十分ぐらい。

必學單字

01 仕事＝工作
shigoto

02 出身＝家鄉
shusshin

03 知り合う＝認識
shiriau

04 彼氏＝男朋友
kareshi

必學會話｜06 留下聯絡方式 Track 103

可以和你交換手機號碼嗎？

迷你句 **携帯番号を交換していい？**
ke-taibango- wo ko-kanshi teii?

完整句 携帯番号を交換してもいいですか。
ke-taibango- wo ko-kanshi temoii desuka?

可以啊，我們打開手機的紅外線交換吧。

いいですよ。赤外線で交換しましょう。

有在使用Facebook嗎？

迷你句 **Facebookをやっている？**
Facebook wo yatteiru?

完整句 Facebookをしていますか。
Facebook wo shite imasuka?

最近申請了帳號，但不太使用。

最近アカウントを申請したんけどあまり使っていません。

我可以怎麼連絡你？

迷你句 **どうやって連絡を取れる？**
do-yatte renraku wo toreru?

完整句 どうしたらあなたと連絡がとれますか。
do-shitara anata to renraku ga toremasuka?

手機或是電子郵件都可以。

携帯でもメールでもできます。

可以告訴我你的電子信箱嗎？

迷你句 **メールアドレスを教えてくれませんか。**
me-ruadoresu wo oshiete kuremasenka?

完整句 メールアドレスを教えていただけませんか。
me-ruadoresu wo oshiete itadakemasenka?

這張名片也有寫喔！

この名刺にも書いてありますよ。

問 我加你 FB好友囉。

迷你句 **Facebookで友達のリクエストを送った。**
Facebook de tomodachi no rikuesuto wo okutta.

完整句 Facebookで友達のリクエストを送りました。
Facebook de tomodachi no rikuesuto wo okurimashita.

答 今天晚上用電腦確認。

今晚、パソコンで確認します。

問 你有日本的手機嗎？

迷你句 **日本の携帯を持っている？**
nihon no keitai wo motteiru?

完整句 日本の携帯を持っていますか。
nihon no keitai wo mot teimasuka?

答 我只有電腦。

パソコンしか持っていません。

問 你知道你飯店的地址嗎？

迷你句 **ホテルの住所を知っている？**
hoteru no jyu-sho wo shitte iru?

完整句 ホテルの住所を知っていますか。
hoteru no jyu-sho wo shitte imasuka?

答 你可以送到飯店來。

ホテルに届ければいいです。

必學單字

01 携帯番号（けいたいばんごう）＝手機號碼
ke-taibango-

02 赤外線（せきがいせん）＝紅外線
sekigaisen

03 連絡（れんらく）＝聯絡
renraku

04 パソコン＝電腦
pasokon

問 這個星期天有空嗎？

迷你句 **今週の日曜、時間ある？**
konshu- no nichiyo-,jikan aru?

完整句 今週の日曜日は時間がありますか。
konshu- no nichiyo-bi wa jikan ga arimasuka?

答 我看一下我的記事本。

ちょっと手帳を見てみます。

問 周末要不要一起出去玩。

迷你句 **週末一緒に遊びに行かない？**
shu-matsu isshoni asobi ni ikanai?

完整句 週末一緒に遊びに行きませんか。
shu-matsu isshoni asobi ni ikimasenka?

答 我想要去海邊。

海を見に行きたいです。

問 我覺得你很可愛。

迷你句 **君は可愛いと思う。**
kimi wa kawai- to omou.

完整句 君は可愛いと思います。
kimi wa kawai- to omoimasu.

答 謝謝你，真難為情。

ありがとう、ちょっと恥ずかしいです。

問 下次一起去吃飯吧！

迷你句 **今度、一緒にご飯に行こう。**
kondo,isshoni gohan ni iko-.

完整句 今度も一緒に食事に行きましょう。
kondo mo isshoni shokuji ni ikimasho-.

答 我介紹好吃的餐廳給你。

美味しいレストランを紹介してあげましょう。

問 我喜歡你。

迷你句 **あなたが好(す)き。**
anata ga suki.

完整句 あなたのことが好(す)きです。
anata no koto gasuki desu.

答 你想要跟我說什麼？ 話(はな)しいこととは何(なん)ですか。

問 有沒有想要去哪裡玩？

迷你句 **どこへ、遊(あそ)びに行(い)きたい？**
dokoe,asobi ni ikitai?

完整句 どこへ遊(あそ)びに行(い)きたいですか。
dokoe asobi ni ikitai desuka?

答 沒有特別，去哪裡都好。 別(べつ)に、どこでもいいと思(おも)います。

問 海遊館好像很好玩。

迷你句 **海遊館(かいゆうかん)は面白(おもしろ)そう。**
kaiyu-kan wa omoshiroso-.

完整句 海遊館(かいゆうかん)は面白(おもしろ)かったと言(い)われた。
kaiyu-kan wa omoshirokatta to iwareta.

答 那我們下次放假一起去吧！ じゃあ、今度(こんど)、休(やす)みの日(ひ)に一緒(いっしょ)に行(い)きましょう。

必學單字

01 手帳(てちょう)＝記事本
techo-

02 一緒(いっしょ)に＝一起
isshoni

03 恥(は)ずかしい＝害羞的
hazukashi-

04 面白(おもしろ)い＝有趣的
omoshiroi

問 今天晚上要加班，所以不能一起吃飯了。

迷你句 **今夜は残業で、一緒にご飯食べられない。**
konya wa zangyo- de,isshoni gohan taberarenai.

完整句 今夜は残業するから、一緒に食事できません。
konya wa zangyo- suru kara,isshoni shokuji dekimasen.

答 那約後天晚上可以嗎？

じゃあ、あさっての夜約束していいですか。

問 明天有其他的約了。

迷你句 **あしたほかの約束、ある。**
ashita hoka no yakusoku,aru.

完整句 あしたほかの約束がありますから。
ashita hoka no yakusoku ga arimasukara.

答 我了解了。

わかりました。

問 突然有急事。

迷你句 **急に用事が入っちゃった。**
kyu-ni yo-ji ga haicchatta.

完整句 急に用事が入ってしまったので。
kyu-ni yo-ji ga hait teshimatta node.

答 我有收到你的信。下次再一起去吃吧！

メールが届きました。今度またご飯に行きましょう。

問 對不起，我現在無法幫你。

迷你句 **今手伝えなくて、ごめん。**
ima tetsudaenaku te,gomen.

完整句 すみませんが、今お手伝いできません。
sumimasenga,ima otetsudai dekimasen.

答 我懂了，沒關係。

わかった、大丈夫ですよ。

問 很抱歉，我不喜歡這個顏色。

迷你句 **すみません、この色は気に入らない。**
sumimasen,kono iro wa kiniiranai.

完整句 申し訳ございません、この色はあまり好きではありません。
mo-shiwake gozaimasen ,kono iro wa amari suki dewa arimasen.

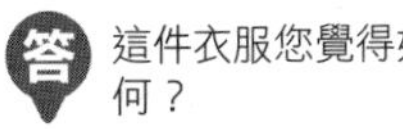

答 這件衣服您覺得如何？

こちらの服はいかがですか。

問 我的身體不舒服，可能不能陪你去了。

迷你句 **調子がちょっと、一緒に行けない。**
cho-shi ga chotto,isshoni ikenai.

完整句 体の調子がちょっと悪いから、あなたと一緒に行けません。
karada no cho-shi ga chotto warui kara,anata to isshoni ikemasen.

答 那你好好休息吧！

じゃあ、ゆっくり休すんでください。

問 很抱歉，那天我已經有計畫了。

迷你句 ごめん、その日も予定があるから行けない。
gomen,sono hi mo yote- ga aru kara ikenai.

完整句 すみません、その日も予定があるので行けません。
sumimasen,sono hi mo yote- ga arunode ikemasen.

答 原來如此，真可惜。

そうですか、残念ですね。

必學單字

01 残業＝加班
zangyo-

02 約束＝約定
yakusoku

03 急に＝突然地
kyu-ni

04 今度＝下次
kondo

問 請進。

迷你句 **どうぞ、上(あが)って。**
do-zo,agatte.

完整句 どうぞ、お上(あ)がりください。
do-zo,oagarikudasai.

答 打擾了。

お邪魔(じゃま)します。

問 很抱歉，打擾您。

迷你句 **邪魔(じゃま)して、ごめん。**
jamashite,gomen.

完整句 お邪魔(じゃま)して申(もう)し訳(わけ)ございません。
ojamashite mo-shiwake gozaimasen.

答 見到妳真是開心。

あなたに会(あ)えて、本当(ほんとう)に楽(たの)しかったです。

問 謝謝您的招待，很美味。

迷你句 **ご馳走様(ちそうさま)、美味(おい)しかった。**
gochiso-sama, oishikatta.

完整句 ご馳走様(ちそうさま)でした。美味(おい)しかったです。
gochiso-sama deshita. oishikatta desu.

答 有合您的口味，真是太好了。

お口(くち)に合(あ)ってよかったです。

問 這是我一點點的心意，請吃吃看。

迷你句 これはほんの気持(きも)ちですが、食(た)べてみてください。
kore wa honno kimochi desu ga ,tabete mite kudasai.

完整句 こちらはほんの気持(きも)ちですが、どうぞ召(め)し上(あ)がってください。
kochira wa honno kimochi desuga ,do-zo meshiagat tekudasai.

答 麻煩你還費心準備了，謝謝你。

わざわざ用意(ようい)してくれて、ありがとうございます。

去人家裡拜訪，伴手禮應該要帶什麼好？

迷你句 **手土産は何がいい？**
temiyage wa nani gai-?

完整句 手土産として何がいいですか。
temiyage toshite nani gai- desuka?

帶台灣的鳳梨酥你覺得如何？

台湾のパインアップルケーキはどう思いますか。

這是京都的名產八橋，你吃吃看。

迷你句 これ、京都のお菓子の八つ橋ですが、食べてみる。
kore,kyo-to no okashi no yatsuhashi desuga, tabe temiru.

完整句 これは八つ橋という京都のお菓子です。どうぞ召し上がってください。
kore wa yatsuhashi toiu kyo-to no okashi desu.do-zo meshiagatte kudasai.

答 謝謝，我開動了。

ありがとうございます。いただきます。

今天謝謝您。

迷你句 **今日はいろいろとありがとう。**
kyo-wa iroiro to arigato-.

完整句 今日はいろいろとありがとうございます。
kyo-wa iroiro to arigato- gozaimasu.

我也很感謝你之前的招待。

私も前回の接待を感謝したいです。

必學單字

01 邪魔＝打擾
jama

02 手土産＝伴手禮
temiyage

03 お菓子＝點心
okashi

04 召し上がる＝吃（尊敬用法）
meshiagaru

問 您好，敝姓陳。

迷你句 **こんにちは。陳です。**
konnichiwa. chin desu.

完整句 こんにちは。私は陳と申します。
konnichiwa. watashi wa chin to mo-shimasu.

答 您好，我找小川先生。

こんにちは。小川さんはいらっしゃいますか。

問 大家辛苦了。

迷你句 **お疲れ。**
otsukare.

完整句 お疲れ様です。
otsukaresama desu.

答 你也辛苦了。

お疲れ様です。

問 今天先行離開了。

迷你句 **今日は先に帰ります。**
kyo- wa sakini kaerimasu.

完整句 今日はお先に失礼します。
kyo- wa osaki ni shitsureishimasu.

答 路上小心。

帰り道に気をつけてください。

問 長久以來受你照顧了。

迷你句 **長い間お世話になりました。**
nagaiaida osewa ni narimashita.

完整句 いつも大変お世話になっております。
i tsu mo tai hen o sewa ni na tte o ri ma su.

答 我也受你照顧了。

いいえ、こちらこそ、お世話になりました。

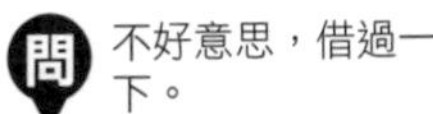

問 不好意思，借過一下。

迷你句 **失礼。**
shitsurei.

完整句 失礼します。
shitsurei shimasu.

答 不好意思。

失礼します。

問 請幫我轉告山田先生。

迷你句 **山田さんに伝えて。**
yamada san ni tsutaete.

完整句 山田さんにメッセージを伝えてください。
yamadasan ni messe-ji wo tsutae tekudasai.

答 我可以幫你轉告他。

彼に伝言してさしあげてもいいです。

問 麻煩請他回電給我。

迷你句 **電話してって彼に伝えて。**
denwashitette kare ni tsutaete.

完整句 彼に折り返し電話をさせてください。
kare ni orikaeshidenwa wo sasete kudasai.

答 松村先生正在電話中。

松村さんはただいま電話中ですが。

必學單字

01 帰り道＝回家路上
kaerimichi

02 世話＝照顧
sewa

03 伝言＝傳話
dengon

04 折り返し＝回覆
orikaeshi

 為什麼不跟我說？

迷你句 **なんで私に言わない？**

nande watashi ni iwanai?

完整句 どうして私に言わなかったのですか。

do-shi te watashi ni iwanakatta no desuka?

 是我的錯嗎？

私が間違いましたか。

 你有必要口氣這麼差嗎？

迷你句 **こんな悪い言い方、必要？**

kon na warui iikata,hitsuyo-?

完整句 こういう悪い言い方を使わなければなりませんか。

ko-iu waruiiikata wo tsukawanakerebanarimasenka.

 我不想跟你講話。

あなたとしゃべりたくないです。

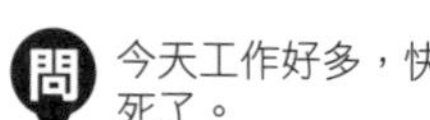 今天工作好多，快累死了。

迷你句 **仕事がいっぱい、大変だ。**

shigoto ga ippai, taihen da.

完整句 今日は仕事が終わらなくて大変です。

kyo- wa shigoto ga owaranaku te taihen desu.

 要不要稍微休息一下。

ちょっと休憩しませんか。

 我不喜歡妳這樣。

迷你句 **今のあなたが好きじゃない。**

ima no anata ga sukijyanai.

完整句 あなたがこういうことをするので、私は好きではありません。

Anata ga ko-iu koto wo surunode, watashi wa sukidewa arimasen.

 我哪裡做錯了。

私はどこか間違いましたか。

問 剛剛看電影的時候一直有人在講話。

迷你句 **今映画を見ていたとき、人がずっとしゃべっていた。**
ima e-ga wo miteitatoki ,hito ga zutto shabetteita.

完整句 今映画を見ていたとき人がずっとしゃべっていました。
ima e-ga wo miteitatoki ,hito ga zutto shabetteimashita.

答 那真的會讓人心情很不好！

それは気分が悪くなるよね。

問 是的，我現在在生你的氣。

迷你句 **はい、あなたを怒ってる。**
hai,anata wo okotteru.

完整句 そうです。私はあなたのことを怒っています。
so-desu.watashi wa anata no koto wo okotteimasu.

答 我也很生你的氣。

私もあなたのことを怒っています。

問 今天被上司罵了。

迷你句 **今日、上司に叱られた。**
kyo-,jyo-shi ni shikarareta.

完整句 私は今日上司に叱られました。
watashi wa kyo-,jyo-shi ni shikararemashita.

答 別氣餒，再加油吧！

がっかりしないでもっと頑張りましょう。

01 大変＝糟糕
taihen

02 休憩＝休息
kyu-ke-

03 気分＝心情
kibun

04 叱る＝罵
shikaru

Track 109

問 你同意我的意見吧。

迷你句 **私の意見に賛成？**
watashi no ikennisansei?

完整句 私の意見について、賛成ですか。
watashi no iken nitsuite,sansei desuka.

答 我不同意你的說法。

あなたの意見について、私は賛成しかねます。

問 他今天請假好像是因為身體不舒服。

迷你句 **彼は風邪で、今日休みみたいだ。**
kare wa kazede,kyo- yasumi mitaida.

完整句 彼は今日風邪なので、休みだそうです。
kare wa kyo-, kaze nanode yasumi da so-desu.

答 我聽到的和你說的不一樣。

私が聞いた事はあなたが言ったのと違います。

問 媽媽說過生日想要項鍊。

迷你句 **母さんは誕生日にネックレスが欲しいって。**
ka-san wa tanjyo-bi ni nekkuresu ga hoshii tte.

完整句 母さんは誕生日にネックレスが欲しいといっていました。
ka-san wa tanjyo-bi ni nekkuresu ga hoshi toit teimashita.

答 你們兩個的說法不同。

お二人が言ったことは違います。

問 這件事你覺得如何？

迷你句 **この件、どう思う？**
kono ken,do- omou?

完整句 この件についてどう思いますか。
kono ken nitsuite do- omoimasuka?

答 我不那麼想。

私はそう思いません。

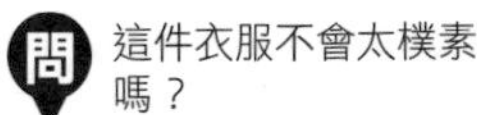

問　這件衣服不會太樸素嗎？

迷你句 **この服は地味すぎない？**

kono fuku wa jimi suginai?

完整句 この服はじみすぎではありませんか。

kono fuku wa jimisugi dewa arimasenka?

答　不會啊，我覺得很有氣質。

いいえ、気品がいいと思います。

問　我穿這件是不是看起來很胖？

迷你句 **この服を着たら、太ってみえる？**

kono fuku wo kitara,futottemieru?

完整句 私はこの服を着たら、太って見えますか。

watashi wa kono fuku wo kitara ,futtote miemasuka?

答　完全沒有那回事。

そんなことは全然ありません。

問　先去吃飯比較好吧。

迷你句 **まず、昼ご飯を食べて。**

mazu,hirugohan wo tabete.

完整句 まず、昼ご飯を食べたほうがいいと思います。

mazu,hirugohan wo tabeta ho- gai- to omoimasu.

答　如果先去吃飯的話，會趕不上一點的電影。

ご飯に行ったら、一時の映画に間に合いません。

必學單字

01 地味＝樸素

jimi

02 気品＝氣質

kihin

03 太る＝胖

futoru

04 全然＝完全

zenzen

10 對外聯繫

常用句型＋實用替換字

不好意思，請問這裡有 公共電話 嗎？

- **すみません、ここには 公衆電話（こうしゅうでんわ） がありますか。**

sumimasen, koko niwa koushu-denwa ga arimasuka?

可替換字

1 | 電話簿　電話帳（でんわちょう）（denwa chou）

2 | 可打國際電話的公共電話
　国際電話（こくさいでんわ）がかけられる公衆電話（こうしゅうでんわ）
　（kokusai denwa ga kakerareru koushu-denwa）

3 | 傳真機　ファックス（fakkusu）

我想與 我的導遊 聯絡，要怎麼做？

- **ガイドさん と連絡（れんらく）したいですが、どうすればいいですか。**

gaido san to renraku shitai desuga, dousureba ii desuka?

可替換字

1 | 在台灣的家人　台湾（たいわん）にいる家族（かぞく）（taiwan ni iru kazoku）

2 | 在美國的朋友　アメリカにいる友人（ゆうじん）（amerika ni iru yuujin）

3 | 旅行社的人　旅行会社（りょこうがいしゃ）の人（ひと）（ryokou geisha no hito）

可以打 國際電話 嗎？

- **国際電話（こくさいでんわ） をかけることができますか。**

kokusai denwa o kakeru koto ga dekimasuka?

可替換字

1 | 手機　携帯（けいたい）（keitai）

2 | 旅館的電話　ホテルの電話（でんわ）（hoteru no denwa）

3 | 長途電話　市外電話（しがいでんわ）（shigai denwa）

4 | 對方付費電話　コレクトコール（korekuto ko-ru）

5 | 惡作劇電話　いたずら電話（でんわ）（itazura denwa）

我想 重撥 ，可以教我嗎？

• かけなおしたい ですが、教（おし）えていただけませんか。

kake naoshitai desuga, oshiete itadakemasenka?

可替換字
1 | 使用漫遊服務　ローミングサービス（ro-mingu sa-bisu）
2 | 聽取留言　伝言（でんごん）を聞（き）きたい（dengon o kikitai）
3 | 買電話卡　テレホンカードを買（か）いたい（terehon ka-do o kaitai）

請幫我 查號 。

• 番号案内（ばんごうあんない） をお願（ねが）いします。

bangou anna o onegai shimasu.

可替換字
1 | 轉接林小姐　林（りん）さんに転送（てんそう）するの（rinsan ni tensou suruno）
2 | 查詢橫濱市的區碼　横浜市（よこはまし）の市外局番（しがいきょくばん）（yokohamashi no sigai kyokuban）

打國際電話 多少錢？

• 国際電話（こくさいでんわ）をかけるの はいくらですか。

kokusai denwa o kakeruno wa ikura desuka?

可替換字
1 | 打電話到台灣　台湾（たいわん）にかけるの（taiwan ni kakeruno）
2 | 打電話到義大利　イタリアにかけるの（itaria ni kakeruno）
3 | 打電話到澳洲　オーストラリアにかけるの（o-sutoraria ni kakeruno）

可以寄送到 法國 嗎？

- **フランス まで送(おく)ってもいいですか。**

furansu made okuttemo ii desuka?

可替換字

1 | 上海　上海(しゃんはい)（shan hai）
2 | 米蘭　ミラノ（mirano）
3 | 土耳其　トルコ（toruko）
4 | 泰國　タイ（tai）
5 | 印度　インド（indo）

寄到台灣的 空運 費用是多少？

- **台湾(たいわん)までの 航空便(こうくうびん) の料金(りょうきん)はどのぐらいですか。**

taiwan made no kou kuu bin no ryoukin wa donogurai desuka?

可替換字

1 | 海運　船便(ふなびん)（funa bin）
2 | 國際快捷　EMS（i-emu esu）
3 | 聯邦快遞　FedEx（fedekkusu）
4 | DHL 快遞　DHL（di-echi eru）
5 | 電報　電報(でんぽう)（denpou）

寄送 電器 需要税金嗎？

- **電気製品(でんきせいひん) を送(おく)るのに税金(ぜいきん)がかかりますか。**

denki seihin o okurunoni zeikin ga kakari masuka?

可替換字

1 | 珠寶　ジュエリー（jyueri-）
2 | 貴重物品　貴重品(きちょうひん)（kichouhin）
3 | 名牌商品　ブランド品(ひん)（burando hin）

微波爐　可以空運嗎？

- 電子(でんし)レンジ　は航空便(こうくうびん)で送(おく)ることができますか。

denshi renji　wa koukuubin de okuru koto ga dekimasuka?

可替換字

1 | 打火機　ライター（raita-）
2 | 藥品　薬(くすり)（kusuri）
3 | 隱形眼鏡　コンタクトレンズ（kontakuto renzu）
4 | 鈔票　お札(さつ)（osatsu）
5 | 液體　液体(えきたい)（ekitai）

請幫我寄　日本郵政宅急便　。

- ゆうパック　でお願(ねが)いします。

yuu pakku　de onegai shimasu.

可替換字

1 | 當日配　バイク便(びん)（baiku bin）
2 | 限時專送　速達(そくたつ)（soku tatsu）
3 | 小包　小包(こづつみ)（ko zutsumi）
4 | 掛號信　書留(かきとめ)（kaki tome）

寄到　馬來西亞　的船運要花多少天？

- マレーシア　までの船便(ふなびん)は何日(なんにち)かかりますか。

mare-shia　madeno funabin wa nan nichi kakari masuka?

可替換字

1 | 首爾　ソウル（souru）
2 | 倫敦　ロンドン（rondon）
3 | 德國　ドイツ（doitsu）
4 | 印尼　インドネシア（indo neshia）
5 | 緬甸　ミャンマー（myanma-）

問 可以教我電話的使用方法嗎？

迷你句 **電話はどうやってかけるの？**

denwa wa do-yatte kakeruno?

完整句 電話のかけ方を教えてください。

denwa no kakekata wo oshie tekudasai.

答 你想打電話到哪裡？

どちらへ電話をかけますか。

問 請問哪裡有公共電話亭。

迷你句 **電話ボックスはどこにある？**

denwabokkusu wa doko ni aru?

完整句 どこに電話ボックスがありますか。

doko ni denwabokkusu ga arimasuka?

答 電話亭的話前面就有了。

電話ボックスは前にありますよ。

問 請問哪裡有公共電話亭。

迷你句 **この近くに公衆電話はある？**

kono chikaku ni ko-shu-denwa wa aru?

完整句 この近くに公衆電話はありますか。

kono chikaku ni ko-shu-den wa wa arimasuka?

答 在旅館的一樓有公共電話。

公衆電話はホテルの1階にあります。

問 哪裡可以買到電話卡呢？

迷你句 **テレホンカードはどこで買える？**

terehonka-do wa doko de kaeru?

完整句 どこではテレホンカードは買えるのでしょうか。

doko de wa terehonka-do wa kaeru node sho--ka?

答 在旅館也有賣電話卡。

ホテルでもテレホンカードを売っています。

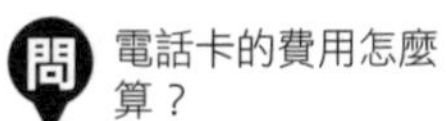

問 電話卡的費用怎麼算？

迷你句 **テレホンカードの通話料金、どう？**

terehonka-do no tsu-waryo-kin,do-?

完整句 テレホンカードで、通話料金はどうやって計るのでしょうか。

terehonka-do de,tsu-waryo-kin wa do-yatte hakaruno desho-ka?

答 費率是0.6秒1日圓。

通話料金は6秒で0.1円でございます。

問 有電話簿嗎？

迷你句 **電話帳はある？**

denwacho- wa aru?

完整句 電話帳はありますか。

denwacho- wa arimasuka?

答 電話本就放在電話的旁邊。

電話帳は電話の横に置いてあります。

問 哪裡可以借我打個電話？

迷你句 **電話はどこで借りられる？**

denwa wa doko de karirareru?

完整句 電話はどこで借りることができますか。

denwa wa doko de karirukoto ga dekimasuka?

答 我記得這附近應該是有電話亭的。

この辺に電話ボックスがあったはずです。

必學單字

01 かけ方＝使用電話的方法

kakekata

02 電話ボックス＝電話亭

denwabokkusu

03 公衆電話＝公用電話

ko-shu-denwa

04 電話帳＝電話本

denwacho-

必學會話｜02 使用國際電話 Track 112

問 我想買一張可以打回台灣的電話卡。

迷你句 **台湾にかけるテレホンカードを買いたい。**
taiwan ni kakeru terehonka-do wo kaitai.

完整句 台湾に電話できるテレホンカードを買いたいです。
taiwan ni denwadekiru terehonka-do wo kaitai desu.

答 電話卡的話，便利商店就有賣。

テレホンカードなら、コンビニで売っています。

問 我想打對方付費的電話到台灣。

迷你句 **コレクトコールで台湾に電話したい。**
korekutoko-ru de taiwan ni denwa shitai.

完整句 コレクトコールで台湾に電話したいと思います。
korekutoko-ru de taiwan ni denwa shitai to omoimasu.

答 我幫您轉接國際電話的接線生。

国際電話の交換手と替わります。

問 我要如何從日本打回台灣？

迷你句 **どうやって日本から台湾へ電話する？**
do-yatte nihon kara taiwan e denwasuru?

完整句 どうやって日本から台湾まで電話をしますか。
do-yatte nihon kara taiwan made denwa wo shimasuka?

答 您可以使用手機漫遊。

携帯でローミングサービスを使えます。

問 這個電話可以直接打去台灣嗎？

迷你句 **この電話で台湾にかけられる？**
kono denwa de taiwan ni kakerareru?

完整句 この電話で台湾にかけられますか。
kono denwa de taiwan ni kakeraremasuka?

答 可以，請加上台灣的國碼 886。

はい、できます。台湾の国コードの 886 を加えてください。

 費率怎麼算？

迷你句 **料金はいくら？**
ryo-kin wa ikura?

完整句 料金はどうやって計るのでしょうか。
ryo-kin wa do-yatte hakaru nodeshoka.

答 每家電信業者提供的優惠方案都不太一樣。

携帯電話会社によって、付いてる特典が違います。

問 請轉接東京的接線生。

迷你句 **東京のオペレーターをお願いします。**
to-kyo- no opere-ta- wo onegaishimasu.

完整句 東京の交換手をお願いします。
to-kyo- no ko-kanshu wo onegaishimasu.

答 請不要掛斷，等候通話。

そのまま切らずにお待ちください。

問 該怎麼從台灣打日本的市內電話？

迷你句 **どうやって台湾から日本の市内電話ができる？**
do-yatte taiwan kara nihon no shinaidenwa ga dekiru?

完整句 どうやって台湾から日本の市内電話をかけるのしょうか。
do-yatte taiwan kara nihon no shinaidenwa wo kakeru nodesho-ka.

答 如果是從海外打的話請加上日本國碼81。

海外電話をかけるなら、日本の国コードの81を番号の前加えてください。

必學單字

01 携帯電話会社＝電信業者
ke-taidenwagaisha

02 ローミングサービス
漫遊服務
ro-mingusa-bisu

03 交換手＝接線生
ko-kanshu

04 国コード＝國碼
kuniko-do

必學會話｜03 至郵局

Track 113

 問 請給我一張寄包裹的填寫單。

迷你句 **小包の文書をください。**
kodutsumi no bunsho wo kudasai.

完整句 小包を送る依頼書をください。
kodutsumi wo okuru iraisho wo kuda sa i.

 答 請問包裹裡面是什麼東西？

小包の中身は何でしょうか。

問 請幫我查一下郵資。

迷你句 **送料はいくら？**
so-ryo- wa ikura?

完整句 送料を調べてください。
so-ryo- wo shirabe tekudasai.

答 請至隔壁櫃台查詢郵資。

隣のカウンターで送料を調べてください。

問 最近的郵局在哪裡？

迷你句 **一番近い郵便局はどこ？**
ichiban chikai yu-binkyoku wa doko?

完整句 最寄りの郵便局はどこですか。
moyori no yu-binkyoku wa doko desuka?

答 跨過平交道後在你的右邊。

線路を渡って、右手にあります。

問 便利商店可以買得到郵票嗎？

迷你句 **コンビニには切手はある？**
konbini ni wa kitte wa aru?

完整句 コンビニでは切手を買えるのでしょうか。
konbini dewa kitte wo kaeru no deshoka?

答 在書店買得到。

本屋さんで切手が買えます。

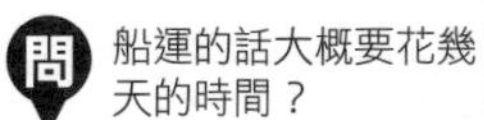

問 船運的話大概要花幾天的時間？

迷你句 **船便で何日かかる？**
funabin de nannichi kakaru?

完整句 船便だと何日くらい届きますか。
funabinda to nannichi kurai todokimasuka.

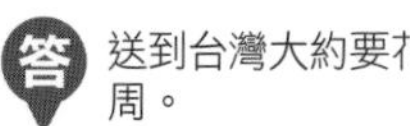

答 送到台灣大約要花四周。

台湾まで四週間ほどです。

問 包裹內放有易碎物。

迷你句 **小包に割れ物が入っている。**
kodutsumi ni waremono ga haitteiru.

完整句 小包に割れ物が入っています。
kodutsumi ni waremono ga haitteimasu.

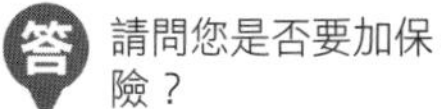

答 請問您是否要加保險？

保険をかけますか。

問 哪裡可以查到郵遞區號？

迷你句 **どこで郵便番号を調べる？**
doko de yu-binbango- wo shiraberu?

完整句 どこで郵便番号を調べられるのでしょうか。
doko de yu-binbango- wo shiraberareru no desho-ka.

答 郵遞區號可以上網查詢。

郵便番号はネットで調べられます。

必學單字

01 小包＝包裹
kodutsumi

02 切手＝郵票
kitte

03 線路＝鐵路
senro

04 割れ物＝易碎物
waremono

11 遇到緊急狀況

常用句型＋實用替換字

Track 114

我 發燒 了。

- 熱が します。

netsu ga shimasu.

可替換字

1 | 頭痛　頭痛が（zutsuu ga）
2 | 嘔吐　嘔吐（outo）
3 | 便祕　便秘（benpi）
4 | 腹瀉　下痢（geri）
5 | 呼吸困難　息切れが（ikigirega）

我 全身無力 。

- 体がだるい です。

karada ga darui desu.

可替換字

1 | 牙齒痛　歯が痛い（haga itai）
2 | 喉嚨腫　のどが腫れるん（nodo ga harerun）
3 | 暈車、船　乗り物酔い（norimono yoi）
4 | 針眼　ものもらい（monomorai）
5 | 腦震盪　脳震盪（nou shintou）

我感到 噁心 。

- むかむか しています。

mukamuka shite imasu.

可替換字

1 | 暈眩　くらくら（kurakura）
2 | 刺痛　ちくちく（cikuchiku）
3 | 絞痛　きりきり（kirikiri）
4 | 抽痛　ずきずき（zukizuki）
5 | 劇烈抽痛　がんがん（gangan）

我 瘀青 了。

• **打ち身(うちみ) があります。**

uchimi ga arimasu.

可替換字		
1	割傷	切り傷(きりきず) (kiri kizu)
2	擦傷	擦り傷(すりきず) (suri kizu)
3	扭傷	ねんざ (nenza)
4	骨折	骨折(こっせつ) (kossetsu)
5	脱臼	脱臼(だっきゅう) (dakkyu-)

我想預約 內科 。

• **内科(ないか) の診察(しんさつ)を予約(よやく)したいです。**

naika no shinsatsu o yoyaku shitai desu.

可替換字		
1	外科	外科(げか) (geka)
2	婦產科	産婦人科(さんふじんか) (sanfujinka)
3	耳鼻喉科	耳鼻咽喉科(じびいんこうか) (jibi inkouka)
4	牙科	歯科(しか) (shika)
5	小兒科	小児科(しょうにか) (shounika)

請叫 救護車 。

• **救急車(きゅうきゅうしゃ) を呼(よ)んでください。**

kyu-kyu-sha o yonde kudasai.

可替換字		
1	醫生	医者(いしゃ) (isha)
2	護理師	看護師(かんごし) (kangoshi)
3	主治醫師	主治医(しゅじい) (shuji i)

有 暈車 的藥嗎？

• 酔い止め の薬がありますか。

yoidome no kusuri ga arimasuka?

可替換字

1 | 口腔潰瘍 口内炎（kounaien）

2 | 感冒 風邪（kaze）

3 | 花粉症 花粉症（kafunshou）

4 | 宿醉 二日酔い（futsuka yoi）

5 | 胃酸過多 胃酸過多（isan kata）

有賣 外用藥 嗎？

• 外用薬 を売っていますか。

gaiyou yaku o utte imasuka?

可替換字

1 | 膠囊 カプセル（kapuseru）

2 | 中藥 漢方薬（kanpou yaku）

3 | 軟膏 軟膏（nan kou）

4 | 藥布 湿布（shippu）

5 | 眼藥水 目薬（me gusuri）

發生 搶劫事件 了。

• 強盗事件 がありました。

goutou jiken ga arimashita.

可替換字

1 | 意外 事故（jiko）

2 | 竊盜事件 盗難事件（tounan jiken）

3 | 詐欺事件 詐欺事件（sagi jiken）

發生 火災 。

• **火災(かさい)が発生(はっせい)しました。**

kasai ga hassei shimashita.

可替換字	
1	瓦斯中毒 ガス中毒(ちゅうどく)(gasu chu-doku)
2	一氧化碳中毒 一酸化炭素中毒(いっさんかたんそちゅうどく)(issanka tanso chu-doku)
3	有人死亡的意外 人身事故(じんしんじこ)(jinshin jiko)

我弄丟 護照 了，怎麼辦才好？

• **パスポートを失(な)くしましたが、どうすればいいですか。**

pasu po-to o nakushi mashitaga, dou sureba ii desuka?

可替換字	
1	手機 携帯(けいたい)(keitai)
2	手錶 腕時計(うでどけい)(ude dokei)
3	錢包 財布(さいふ)(saifu)

有 颱風 ，行程沒問題嗎？

• **台風(たいふう)があって、スケジュールは大丈夫(だいじょうぶ)ですか。**

tai fu- ga ate, sukeju-ru wa daijoubu desuka?

可替換字	
1	水災 水害(すいがい)(suigai)
2	地震 地震(じしん)(jishin)
3	火山爆發 噴火(ふんか)(funka)
4	海嘯 津波(つなみ)(tsunami)
5	土石流 土砂崩れ(どしゃくずれ)(doshaguzure)

問 我感冒了，頭好暈。

迷你句 **風邪で、目まいがする。**

kaze de,memaigasuru.

完整句 私は風邪を引いちゃって、目ま
がしました。

watashiwa kaze wo hiichatte, memai g
shimashita.

答 是不是昨晚踢棉被才感冒的？

昨夜かけ布団を蹴ったから、風邪を引
いちゃったんですか。

問 風吹得我頭好痛。

迷你句 **冷たい風で、頭が痛い。**

tsumetai kazede, atama ga itai.

完整句 冷たい風が頭に当たって頭が痛
です。

tsumetai kaze ga atama ni atat te atam
ga itai desu .

答 妳要不要戴著口罩比較好。

マスクをかぶったほうがいいと思いま

問 我覺得我不太舒服。

迷你句 **具合が悪い。**

guai ga warui.

完整句 具合が悪いです。

guai ga warui desu.

答 你還好嗎？哪裡不舒服？

大丈夫ですか、どこが具合悪いです

問 我好像發燒了。

迷你句 **熱がありそう。**

netsu ga arisou.

完整句 私は熱が出ているかもしれませ
ん。

watashi wa netsu ga deteiru
kamoshiremasen.

答 去藥局買退燒藥吧。

薬屋へ解熱剤を買いに行ってくださ

問 這附近有可以休息的地方嗎？

迷你句 **どこか休(やす)める場所(ばしょ)はある？**
doko ka yasumeru basho wa aru?

完整句 どこか休(やす)める場所(ばしょ)はありますか。
dokoka yasumeru basho wa arimasuka?

答 要不要去那邊的長椅坐下。

そこのベンチに座(すわ)りませんか。

問 我好像中暑了。

迷你句 **たぶん熱中症(ねっちゅうしょう)。**
tabun necchu-sho-.

完整句 私は熱中症(ねっちゅうしょう)になったらしいです。
watashi wa necchu-sho- ni nattarashi desu.

答 我幫你測一下體溫。

体温(たいおん)を測(はか)ってあげます。

問 吃了不乾淨的食物，肚子好痛。

迷你句 **新鮮(しんせん)でないものを食(た)べたので、お腹痛(なかいた)い。**
shinsen denai mono wo tabeta node,onaka itai.

完整句 新鮮(しんせん)でないものを食(た)べて、お腹(なか)が痛(いた)くなりました。
shinsen denai mono wo tabete,onaka ga itaku narimashi ta.

答 你應該是得腸胃炎了。

あなたはたぶん胃腸炎(いちょうえん)です。

必學單字

01 目(め)まい＝頭暈
memai

02 風邪(かぜ)＝感冒
kaze

03 熱(ねつ)＝發燒
netsu

04 熱中症(ねっちゅうしょう)＝中暑
necchu-sho-

必學會話｜02 受傷了 Track 116

 跌倒手擦傷了。

迷你句 **転んで手に擦り傷ができた。**
koronde te ni surikizu ga dekita.

完整句 転んで手に擦り傷ができてしまいました。
koronde te ni surikizu ga deki teshimaimashita.

 你擦藥了嗎？

塗り薬をつけましたか。

 好痛！刀子切到手了。

迷你句 **痛い。ナイフで手を切った。**
itai. naifu de te wo kitta.

完整句 痛いです。ナイフで手を切ってしまいました。
itai desu.naifu de te wo kitteshimaimashita.

 你怎麼這麼不小心呢？

なんでそんなに不注意なの？

問 請幫我叫救護車。

迷你句 **救急車を呼んで。**
kyu-kyu-sha wo yonde.

完整句 救急車を呼んでください。
kyu-kyu-sha wo yondekudasai.

 有幾個人受傷？

怪我した人は何人ですか。

 熱水倒到大腿上了。

迷你句 **お湯が腿にかかった。**
oyu ga momo ni kakatta.

完整句 お湯が腿にかかりました。
oyu ga momo ni kakarimashita.

 一直沖冷水不要停。

冷たい水を濯ぎ続けてください。

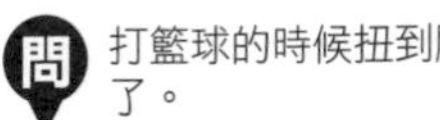
打籃球的時候扭到腳了。

迷你句 **バスケットボールのとき、足首(あしくび)捻挫(ねんざ)した。**

basukettobo-ru no toki,ashikubi nenzashita.

完整句 バスケットボールをしたとき、足首(あしくび)を捻挫(ねんざ)しました。

basukettobo-ru wo shitatoki,ashikubi wo nenzashimashita.

那你暫時不能打籃球了。

じゃあ、しばらくバスケットボールができませんね。

我流血了。

迷你句 **血(ち)を流(なが)した。**

chi wo nagashita.

完整句 血(ち)が出(で)てしまいました。

chi ga deteshimaimashita.

快點拿紗布止血。

早(はや)くガーゼで、血(ち)を止(と)めなさい。

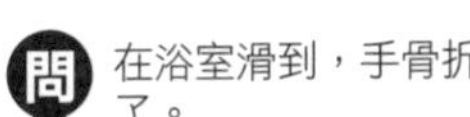
在浴室滑到，手骨折了。

迷你句 **浴室(よくしつ)で滑(すべ)って、手(て)を骨折(こっせつ)した。**

yokushitsu de subette, te wo kossetsushita.

完整句 浴室(よくしつ)で転倒(てんとう)して、手(て)を骨折(こっせつ)してしまいました。

yokushitsu de tento- shite,te wo kossetsushite shimaimashita.

一定很痛吧！

きっと痛(いた)いでしょうね。

必學單字

01 転(ころ)ぶ＝跌倒
korobu

02 足首(あしくび)＝腳踝
ashikubi

03 捻挫(ねんざ)＝扭傷
nenza

04 転倒(てんとう)＝摔倒
tento-

問 我喉嚨痛。

迷你句 **のどが痛い。**
nodo ga itai.

完整句 のどが痛いです。
nodo ga itai desu.

答 今天哪裡不舒服？

どうしました。

問 我想掛星期三林醫生的診。

迷你句 **水曜日、林先生の診察を受けたい。**
suiyo-bi, rin sensei no shinsatsu wo uketai.

完整句 水曜日に林先生の診察を受けたいです。
suiyo-bi ni rin sensei no shinsatsu wo uketai desu.

答 初次看診請來現場排隊。

初めての診察なら、当日列に並んでください。

問 請問領藥的地方在哪裡？

迷你句 **どこで薬を受け取る？**
doko de kusuri wo uketoru?

完整句 薬を受け取るところはどこでしょうか。
kusuri wo uketoru tokoro wa doko desho-ka?

答 右轉走到最後就是領藥處了。

右へ曲がって、そして最後まで行ったら、薬局です。

問 我咳的非常厲害。

迷你句 **激しい咳が出る。**
hageshii seki ga deru.

完整句 ひどく咳き込みます。
hidoku sekikomimasu.

答 什麼時候開始出現這個症狀？

いつからこの症状が出てきますか。

問 領藥要抽號碼牌嗎？

迷你句 **薬を受け取るとき、番号表は必要？**

kusuri wo uketoru toki, bango-hyo- wa hitsuyo-?

完整句 薬を受け取るときに番号表が必要ですか。

kusuri wo uketoru toki ni bango-hyo- ga hitsuyo- desuka?

答 看完病馬上就可以領藥了。

診察が終わったら、すぐ薬を受け取れます。

問 從小就有氣喘。

迷你句 **喘息持ち。**

zensokumochi.

完整句 喘息は幼いごろからあります。

zensoku wa osanai goro kara arimasu.

答 有沒有病史？

持病はありますか。

問 星期五下午有古川醫生的診嗎？

迷你句 **金曜日午後、古川先生の診察はある？**

kinyo-bi gogo, furukawa sensei no shinsatsu wa aru?

完整句 金曜日午後、古川先生の診察はありますか。

Kinyo-bi no gogo ni, furukawa sensei no shinsatsu wa arimasuka.

答 古川醫生的診已經約滿了。

古川先生の診察予約はもういっぱいです。

必學單字

01 咳き込み＝咳嗽
sekikomi

02 列＝排隊
retsu

03 喘息＝氣喘
zensoku

04 持病＝病史
jibyo-

必學會話｜04 藥局買藥

Track 118

問 請問有賣退燒藥嗎？

迷你句 **解熱剤はある？**
genetsuzai, wa aru?

完整句 解熱剤を売っていますか。
genetsuzai wo utteimasuka.

答 請問您要買哪一種藥？

どんな薬を買いますか。

問 胃痛的話哪一種藥比較好？

迷你句 **胃が痛いなら、どんな薬がいい？**
i ga itai nara,donna kusuri ga i-?

完整句 胃が痛いならどんな薬を飲んだほうがいいでしょうか。
i ga itai nara,donna kusuri wo nondaho-ga i- desho-ka

答 您要有醫生的處方箋才能買藥。

先生からの処方箋をもらったら、薬が買えます。

問 有副作用嗎？

迷你句 **副作用はある？**
fukusayo- wa aru?

完整句 副作用はありますか。
fukusayo- wa arimasuka.

答 吃了以後會感覺身體有點無力。

この薬を飲んだら、ちょっと体はだるくになる。

問 我對這種藥過敏，有別種藥嗎？

迷你句 **この薬はアレルギーが出るので、他の薬はある？**
kono kusuri wa arerugi- ga deru node, haka no kusuri wa aru?

完整句 この薬はアレルギーが出るので、ほかの薬がありませんか。
kono kusuri wa arerugi- ga deru node, hoka no kusuri ga arimasenka?

答 不好意思，我們只有賣這一種藥。

申し訳ございません。この薬しか売っていません。

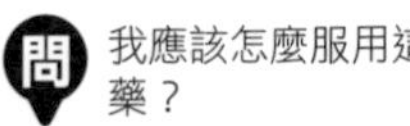

問 我應該怎麼服用這個藥？

迷你句 **どうやって飲む？**
do-yatte nomu?

完整句 どのようにして飲めばいいですか。
donoyo- ni shite nomebai- desuka?

答 請於三餐飯後服用。

毎食後一日三回服用してください。

問 這個藥一天要吃幾次？

迷你句 **一日何回飲む？**
ichinichi nankai nomu?

完整句 この薬は一日何回飲めばいいですか。
kono kusuri wa ichinichi nankai nomebaii desuka?

答 這個藥一天只吃一次。

一日一回しか飲みません。

問 請問感冒藥放在哪裡？

迷你句 **風邪薬はどこ？**
kazegusuri,wa doko?

完整句 風邪薬はどこに置いていますか。
kazegusuri wa doko ni oi teimasuka.

答 沒有處方箋就不能買藥。

処方箋がなければ、薬が買えません。

必學單字

01 解熱剤＝退燒藥
genetsuzai

02 薬を飲む＝吃藥
kusuri wo nomu

03 処方箋＝處方簽
shoho-sen

04 食後＝飯後
shokugo

必學會話｜05 失竊與搶劫　Track 119

問　房間被偷了。

迷你句　**部屋に泥棒が入った。**

heya ni dorobo- ga haitta.

完整句　部屋に泥棒が入りました。

heya ni dorobo- ga hairimashita.

答　請問您是什麼時候離開房間的？

いつから出かけましたか。

問　我的錢包被偷了。

迷你句　**財布が盗まれた。**

saifu ga nusumareta.

完整句　私の財布が盗まれました。

watashi no saifu ga nusumaremashita.

答　這個車站小偷很多。

この駅には泥棒がたくさんいます。

問　我應該去哪裡報案？

迷你句　**どこに届出たらいい？**

doko ni todokede tara i-?

完整句　どこに届け出たらいいですか。

doko ni todokede tara i- desuka?

答　不論如何，先去派出所報案比較好。

とりあえず、交番へ届出たほうがいいと思います。

問　我被搶了。

迷你句　**強盗に遭った。**

go-to- ni atta.

完整句　強盗に遭いました。

go-to- ni aimashita.

答　請填寫這張給保險公司的文件。

保険会社用に記入してください。

我該報警嗎？

迷你句 **警察に言うべき？**
ke-satsu ni iubeki?

完整句 私は警察に言ったほうがいいですか。
watashi wa ke-satsu ni ittaho ga i- desuka.

小偷是男生還是女生？

泥棒は男ですか。それとも女ですか。

慘了，我全部的錢都放在裡面。

迷你句 **大変!全額が中にある。**
taihen!zengaku ga naka ni aru.

完整句 大変です。全額が中に入ってます。
taihen desu.zengaku ga naka ni haittemasu.

我不是叫你要顧好包包嗎？

かばんをちゃんと守ってと注意したでしょう。

小偷穿著白色的衣服，戴著墨鏡。

迷你句 泥棒は白い服で、サングラスをかけている。
dorobo- wa shiroifuku de,sangurasu wo kaketeiru.

完整句 その泥棒が白い服を着て、そしてサングラスをかけていました。
sono dorobo- ga shiroi fuku wo kite,soshite sangurasu wo kake teimashita.

你還記得小偷的特徵嗎？

泥棒の特徴はまだ覚えていますか。

必學單字

01 泥棒＝小偷
dorobo-

02 届出＝報案
todokede

03 交番＝派出所
ko-ban

04 全額＝全部的錢
zengaku

必學會話｜06 遺失物品

問 如果找到了，請馬上通知飯店。

迷你句 **見つかったら、ホテルに連絡してください。**

mitsukattara, hoteru ni renrakushitekudasai.

完整句 見つかり次第ホテルに連絡してお願いします。

mitsukarishidai hoteru ni renrakushite onegaishimasu.

答 如果找到了要如何聯絡您？

見つかったらどうのように連絡したほうがいいですか。

問 剛剛買東西的時候明明還有看到手機。

迷你句 **さっきまで携帯を持っていたがなくしてしまった。**

sakki made ke-tai wo motte ita ga, nakushi teshimatta.

完整句 先ほどまで携帯を持っていたが、なくしてしまいました。

sakihodo made ke-tai wo motte itaga, nakushi teshimaimashita.

答 會不會是被偷了？

盗まれた可能性はありますか。

問 我不記得我在哪裡弄丟了。

迷你句 **どこでなくしたか覚えていない。**

doko de nakushita ka oboeteinai.

完整句 どこでなくしたか覚えていません。

doko de nakushita ka oboete imasen.

答 想想剛剛去了哪些地方。

さっきどの場所に行ったか思い出してください。

問 手機不見了。

迷你句 **携帯をなくした。**

keitai wo nakushita.

完整句 携帯をなくしました。

keitai wo nakushi mashita.

答 要不要去失物招領處問問看。

遺失物取扱所に聞いてみませんか。

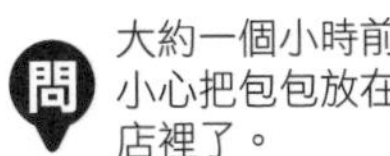

問 大約一個小時前，不小心把包包放在你們店裡了。

迷你句 **一時間ほど前、お店にかばんを忘れた。**

ichijikan hodo mae,omise ni kaban wo wasureta.

完整句 一時間ほど前、お店にかばんを置き忘れました。

ichijikan hodomae ,omise ni kaban wo okiwasuremashita.

答 是怎麼樣的包包呢？ どのようなかばんですか。

問 剛剛你擦桌子的時候有看到一台相機嗎？

迷你句 **テーブルを拭いたとき、カメラを見た？**

te-buru wo fuita toki,kamera wo mita?

完整句 テーブルを拭いたときに、カメラを見ましたか。

te-buru wo fuita tokini,kamera wo mimashitaka.

答 我覺得找回來的機會不大。 取り戻す可能性が低いと思います。

問 我好像把錢包忘在電車上了。

迷你句 **電車に財布を忘れたかも。**

densha ni saifu wo wasureta kamo.

完整句 電車に財布を忘れたそうです。

densha ni saifuwo wasureta so- desu.

答 錢包裡有沒有放什麼很重要的東西。 財布の中に何か大切な物がありますか。

必學單字

01 盗まれた＝被偷

nusumareta

02 取り戻す＝找回來

torimodosu

03 遺失物取扱所＝遺失物中心

ishishitsumono toriatsukaisho

04 財布＝錢包

saifu

問 護照不見了。

迷你句 **パスポート、なくなった。**
pasupo-to,naku natta.

完整句 私のパスポートがなくなってしまいました。
watashi no pasupo-to ga naku natte shimaimashita.

答 要不要回去車站找找看？

駅に戻って、探しに行きませんか。

問 我記得明明放在包包裡的。

迷你句 **かばんに入っていると思っていたのに。**
kaban ni haitteiru to omotteita noni.

完整句 かばんに入っていると思っていたのですが。
kaban ni hait teiru to omotteita nodesuga.

答 再想一下可能會放在哪。

どこに置いたのかもう少し考えてください。

問 現在該怎麼辦？

迷你句 **今はどうしたらいい？**
ima wa do-shitarai-?

完整句 今はどうすればいいのでしょうか。
ima wa do-sureba i- no desho-ka.

答 會不會是放在飯店裡？

ホテルに置いてある可能性はありますか。

問 護照補辦需要什麼證件？

迷你句 **パスポートの再発行には何が必要？**
pasupo-to no saihakko- ni wa nani ga hitsuyo-?

完整句 パスポートの再発行には何が必要ですか。
pasupo-to no saihakko- ni wa nani ga hitsuyo- desuka?

答 打電話去問問駐台辦事處吧。

交流協会に電話して聞いてください。

問 在哪裡可以補辦？

迷你句 **どこで再発行できる？**
doko de saihakko- dekiru?

完整句 どこで再発行できますか。
doko de saihakko- dekimasuka?

答 如果弄丟護照只能申請補辦，沒有其他方法了。

パスポートをなくしたら、再発行以外の方法はありません。

問 我找不到我放護照的包包。

迷你句 **パスポートを入れたかばんは見つからない。**
pasupo-to wo ireta kaban wa mitsukaranai.

完整句 パスポートを入れたかばんは見つかりません。
Pasupo-to wo ireta kaban wa mitsukarimasen.

答 你最後一次看到包包是什麼時候？

最後にいつそのかばんを見ましたか。

問 裡面放了我的護照和機票。

迷你句 **パスポートと航空券が入っている。**
pasupo-to to ko-ku-ken ga haitteiru.

完整句 パスポートと航空券が入っています。
pasupo-to to ko-ku-ken ga haitteimasu.

答 被偷的包包裡有放護照在裡面嗎？

盗まれたかばんにはパスポートが入っていますか。

必學單字

01 パスポート＝護照
pasupo-to

02 見つからない＝找不到
mitsukaranai

03 再発行＝補辦
saihakko-

04 航空券＝機票
ko-ku-ken

必學會話｜08 小孩子走失

問 我和我的小孩失散了。

迷你句 **子供と逸れた。**
kodomo to hagureta.

完整句 子供と逸れました。
kodomo to haguremashita.

答 要不要幫您廣播找找看？

迷子の案内放送を流してもらえませんか。

問 可以幫我廣播嗎？

迷你句 **呼び出し放送をお願いできる？**
yobidashiho-so- wo onegai dekiru?

完整句 呼び出し放送をお願いできますか。
yobidashiho-so- wo onegai dekimasuka?

答 可以請問您的小孩子的名字嗎？

お子さんの名前を教えてもらえませんか。

問 人太多了，我和我的小孩被擠散了。

迷你句 **人がいっぱいの中で子どもと逸れた。**
hito ga ippai no naka de kodomo to hagureta.

完整句 人がいっぱいの中で子どもと逸れました。
hito ga ippai no naka de kodomo to haguremashita.

答 請問妳的小孩幾歲？

お子さんはいくつですか。

問 我找不到媽媽。

迷你句 **ママが見つからない。**
mama ga mitsukaranai.

完整句 お母さんが見つかりません。
oka-san ga mitsukarimasen

答 你怎麼在哭，怎麼了？

どうして泣いている？どうしたの？

問 她穿著紅色的上衣，藍色短褲。

迷你句 **彼は赤いTシャツと、青い半ズボンを履いている。**

kare wa akai thi-shatsu to ,aoi hanzubon wo haite iru.

完整句 彼は赤いTシャツと、青い半ズボンを履いています。

kare wa akai ti-shatsu to ,aoi hanzubon wo haite imasu.

答 請問他今天穿什麼衣服？

お子さんの服装の特徴は何ですか。

問 他剛剛站在路邊哭，好像是走丟了。

迷你句 **この子、道端で泣いていて迷子になったみたい。**

kono ko,michibata de naite ite maigo ni natta mitai.

完整句 この子はさっき道端に泣いていて迷子になったそうです。

konoko wa sakki michibata ni nai teite maigo ni nat ta so- desu

答 他父母現在一定也很擔心。

親達今も絶対心配しています。

問 他和父母走失了。

迷你句 **親とはぐれて迷子になった。**

oya to hagurete maigo ni natta.

完整句 親とはぐれて迷子になりました。

oya to hagurete maigo ni narimashita

答 先帶他去警察局吧！

とりあえず、子供をつれ交番にて行きましょう。

必學單字

01 逸れる＝分散

hagureru

02 放送＝廣播

ho-so-

03 心配＝擔心

shinpai

04 迷子＝迷路的小孩

maigo

必學會話｜09 遇到天災　Track 123

問 是不是有地震？

迷你句 **地震？**

jishin?

完整句 地震ですか。

jishin desuka?

答 我沒有感覺到地震啊。

私は地震なんか感じませんよ。

問 怎麼辦，越晚風越大了。

迷你句 **どうしよう。夜になって風が強くなった。**

doishiyo-.yoru ni natte kaze ga tsuyoku natta.

完整句 どうしよう、夜になればなるほど風が強くなりました。

do-shiyo-.yoru ni nareba naruhodo kaze ga tsuyoku narimashita.

答 門窗關緊一點。

ドアと窓をきちんと閉めてください。

問 水淹進來了。

迷你句 **水が氾濫した。**

mizu ga hanranshita.

完整句 水が氾濫してここまで来てしまいました。

mizu ga hanran shite koko made ki te shimaimahita.

答 趕快去拿水桶。

早くバケツを取りに行ってください。

問 失火了，快叫消防車。

迷你句 **火事だ。消防車を呼べ。**

kajida.sho-bo-sha wo yobe.

完整句 火事が起こった。早く消防車を呼んでください。

kaji ga okotta.hayaku sho-bo- sha wo yondekudasai.

答 東西收一收，快逃命吧。

荷物をしまって、早く逃げなさい。

問 先把手電筒和乾糧準備好。

迷你句 **とりあえず、食糧と懐中電灯を用意して。**

toriaezu ,shokuryo- to kaichu-dento- wo yo-ishite.

完整句 とりあえず、食糧と懐中電灯を用意してください。

toriaezu, shokuryo- to kaichu-dento- wo yo-i shite kudasai.

答 好像發布了颱風警報。

台風の警報が発表されたようです。

問 地震發生時是不能搭電梯的。

迷你句 **地震が起こったとき、エレベーターを使ってはだめ。**

jishin ga okottatoki ,erebe-ta-wo tsukattewa dame.

完整句 地震が起こったときにエレベーターを使ってはいけません。

jishin ga okot tatoki ni erebe-ta-wo tsukattewaikemasen.

答 發生地震應該要到室外去。

地震が起こったときは屋外に行ったほうがいい。

問 因為大雪的關係，道路無法通行。

迷你句 **大雪のせいで、道路を通ることはできない。**

o-yuki no se-de,do-ro wo to-ru koto wa dekinai.

完整句 大雪のせいで、道路を通ることはできません。

o-yuki no se-de,do-ro wo to-ru koto wa dekimasen.

答 新聞現在正在現場轉播大雪的狀況。

ニュースが大雪について中継をしています。

01 火事＝火災

kaji

02 閉める＝關上

shimeru

03 懐中電灯＝手電筒

kaichu-dento-

04 中継＝實況轉播

chu-kei

語研力 J008

日本好好玩！旅遊日語

作　　者　上杉哲
顧　　問　曾文旭
出版總監　陳逸祺、耿文國
主　　編　陳蕙芳
文字校對　翁芯琍
美術編輯　李依靜
法律顧問　北辰著作權事務所

印　　製　世和印製企業有限公司
初　　版　2023年04月
初版三刷　2024年10月
出　　版　凱信企業集團-凱信企業管理顧問有限公司
電　　話　（02）2773-6566
傳　　真　（02）2778-1033
地　　址　106 台北市大安區忠孝東路四段218之4號12樓
信　　箱　kaihsinbooks@gmail.com

定　　價　新台幣349元／港幣116元
產品內容　1書

總 經 銷　采舍國際有限公司
地　　址　235 新北市中和區中山路二段366巷10號3樓
電　　話　（02）8245-8786
傳　　真　（02）8245-8718

國家圖書館出版品預行編目資料

日本好好玩！旅遊日語／上杉哲著. -- 初版. --
臺北市：凱信企業集團凱信企業管理顧問有限
公司, 2023.04
　面；　公分
ISBN 978-626-7097-72-4(平裝)

1.CST: 日語 2.CST: 旅遊 3.CST: 會話

803.188　　112001442

用對的方法充實自己，
讓人生變得更美好！